ガムじいさん、あんたサイアクだよ!

アンディ・スタントン
デビッド・タジィーマン＝絵
石崎洋司＝訳

小峰書店

YOU'RE A BAD MAN, MR GUM!
by Andy Stanton, illustrated by David Tazzyman
Original English language edition first published in 2006
under the title YOU'RE A BAD MAN, MR GUM! by Egmont
UK Limited, 239 Kensington High Street, London W8 6SA

Japanese translation published by arrangement with
Egmont UK Limited, 239 Kensington High Street, London
W8 6SA through The English Agency(Japan)Ltd.

ガムじいさん、あんたサイアクだよ！

もくじ

装幀／城所潤・大谷浩介（JUN KIDOKORO DESIGN）

第1章 ガムじいさんの庭のこと

この世でサイアクなじじいはだれか?
それは、まちがいなく、ガムじいさんだね。
なんでそんなことがいえるのかって? んなもん、ひとめ見りゃわかるさ。
まっかなヒゲ。血走った目玉。ナイフみたいにするどい目つき。
とても、人間とは思えないもの。深ーい海の底の洞窟《どうくつ》で、体をまるめて獲物《えもの》を
ねらう、巨大《きょだい》タコっていったほうがいいぐらいだ。
それに、好みも、めちゃくちゃ変わってるし。
きらいなもの=子ども、ペット、楽しいこと、焼きトウモロコシ。

好きなもの＝寝《ね》ること、『孤独《こどく》』、相手かまわずにらみつけること。
実際《じっさい》、ガムじいさんの一日は、寝《ね》て、にらんで、鼻くそほじって、
それを食うことで終わった。
だから、町の大人たちのほとんどが、ガムじいさんに近づかなかったし、
子どもたちは、心の底から、おびえていたよ。
『早く寝《ね》ないと、ガムじいさんが来るよ！』
そのひとことで、子どもはみんな、ベッドにもぐりこんだものさ。
ガムじいさんの家は、かなり、でかかった。
でも、ブタ小屋同然だった。
いや、それじゃあ、ブタに失礼だな。あんなきたないところ、
どんなブタだって、住みたがらないだろうから。
部屋という部屋が、ゴミとか、ピザの箱とかで、あふれかえっていた。
床《ゆか》には、からっぽの牛乳《ぎゅうにゅう》びんが、戦死した兵隊みたいに折り重なって、

そこらじゅうに古新聞がちらばっていた。

この古新聞がまた、とんでもないものでね。こんな見出しがついたやつもあったよ。


ついに今日、世界初の新聞が発行される！


台所の食器だなには、虫がはってた。虫っていっても、ゴキブリとか、そんなかわいいもんじゃない。名前はわからないけど、顔もはっきりとわかるような、特大のキモいやつだ。

寝室《しんしつ》もひどかったな。洋服ダンスは、なぜか、かびのはえた古いチーズでいっぱいで、すきまにおしこめられた服は、どれも虫が食って、穴《あな》だらけ。

寝床《ねどこ》にいたっては、一度もベッドメイクされたことがないときてる。

しかも、ベッドメイクの意味が、ふつうとはちがう。英語でベッドメイクっていうのは、朝起きたあと、ふとんやシーツをきちんと整えること。

でも、ガムじいさんの場合は、ベッドそのものが作《メ》られて《イク》ない。

つまりだ。ガムじいさんのベッドは、あたりにころがっていた木ぎれを、適当《てきとう》にかき集めて、ベッドらしき形に作《メ》って《イク》、そのうえに、マットをのせただけだったってことさ。

さらに、窓《まど》ガラスはわれ放題、古びたじゅうたんには、トイレのにおいがぷんぷん……。

もうわかるよね？

ガムじいさんは、世界一のなまけものでもあったってことだ。

身のまわりをきれいにするとか、歯をみがくとか、そんなこと、一度だって考えたことがないし、思いつきもしなかったのさ。

しかーし!!

たったひとつだけ、ガムじいさんが、とてつもなくていねいに手入れをして、とてつもなくきれいにしていた場所がある。

庭だ。

それも、町のどの庭よりも、かわいくて、緑にあふれ、華《はな》やかだった。

え？　言葉だけじゃわからない？

けっこう。イメージするいい方法を教えてあげるから、ぜひやってみて。

一　1〜10までのなかから、好きな数字をひとつ、選ぶ。
二　それに5をかける。
三　それに、350をたす。
四　そこから、11をひく。
五　そして、数字のことなんか、すべてわすれさる。
六　さあ、美しい庭を思《おも》い浮《う》かべよう！

どうかな？　最初にどんな数字を選んだとしても、いま、きみは、とてつもなくきれいな庭をイメージできているはずだ。そして、それこそが、ガムじいさんの庭なんだよ。

春――庭は、クロッカスとスイセンの花でいっぱいだ！

夏――バラとひまわりが咲《さ》き乱《みだ》れる！　あと小さなブルーの花も！（ごめん、名前がわかんない……）

秋――緑のしばふが、大きなカシの木の落ち葉のじゅうたんでおおわれる！

冬――特に書くことなし。まあ、冬だからね。

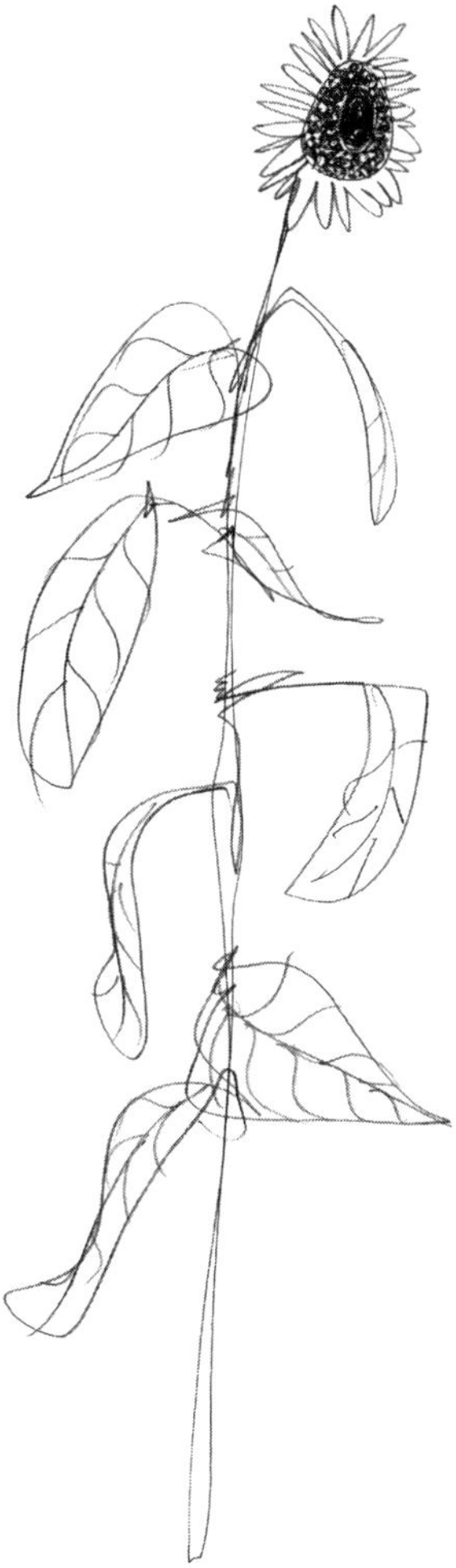

とはいえ、町の人たちには、なぞだった。
どうして、あんなになまけもので、
きたならしいガムじいさんに、
町でいちばんかわいくて、
緑にあふれ、華《はな》やかな庭がつくれるのか？
「庭《ガーデニング》づくりが好き。それだけのことじゃないのかな」
そういったのは、ジョナサン・リプルズっていう、
町いちばんのデブ。
「ガーデニングコンテストで、
優勝《ゆうしょう》したいんじゃない？」
これは、ピーターっていう女の子の意見。
「いや、ただ、庭《ガーデニング》づくりが好きなだけなんだろうよ」
洗濯屋《ランドリー》のマーチン・ランドリーがそういうと、

ジョナサン・リプルズが、むっとして、いいかえした。

「おい、おれのまねをするな！」

でも、マーチン・ランドリーは、すずしい顔。

「おれが、おまえのまねを？　そんな証拠《しょうこ》がどこにあるんだ、デブ」

でも、残念ながら、三人とも、ハズレ。

ガムじいさんが、すてきな庭をつくっていたほんとうのわけは――。

そうしないと、妖精《ようせい》があらわれて、フライパンでめっちゃなぐられるから！

わかりやすいだろ？　たいていのなぞは、単純《たんじゅん》な説明で解決《かいけつ》するものさ。

もちろん、ガムじいさんだって、妖精《ようせい》をぶっとばしてやりたかった。

でも、相手は小さいし、とつぜん、お風呂《ふろ》の排水口《はいすいこう》からあらわれるんだから、どうしようもない。痛《いた》いめにあいたくなければ、いうことを聞くしかないってわけだ。

とまあ、こんなぐあいで、毎日がすぎていった。

町の人たちは、それぞれ、するべきことをしたし、ガムじいさんは、でっかいゴミ屋敷《やしき》でいねむりしたり、やりたくもない庭《ガー》づくり《デニング》をした。

特に、たいした事件《じけん》もおこらず、今日も太陽は山のむこうにしずんで、めでたし、めでたし。

って、そうじゃなかった！

ひとつ、わすれてた。

実は、ちょっとした事件《じけん》があったんだよ。そもそも、この本を書いたのは、そのためなのに、わすれるとは、なんてこった……。

事件《じけん》っていうのは、ある日、とてつもなくでっかい犬が……。

いや、それについては、第2章からにしよう。せっかく第1章って、書いたんだからさ、そうしなきゃおかしいだろ?

第2章
とてつもなくでっかい犬

えへん。では、あらためて。

ある日、とてつもなくでっかい犬が、どこからかやって来て、町はずれに住みついた。

え？　どこからかって、どこなんだって？　さあね。だれも知らないさ。

ん？　犬の名前？　ああ、それなら、みんな知ってるよ。

ジェイクさ。

ふとっちょで、毛はふわふわ。焼きたてのトーストみたいな色をした、人なつっこいやつだ。

よく町のなかをぶらついちゃ、
子どもたちを背中《せなか》に乗せてやってたよ。
どんなにたくさんの子どもにせがまれても、
いやな顔ひとつせずにね。
だから、あっというまに人気者さ。
もしジェイクが人間だったら、
王さまになれたんじゃないかな。
王さまは無理でも、
かっこいいヘルメットをかぶった
F1《エフワン》レーサーには、なってたはずさ。
いや、もしかしたら、すごい庭師《にわし》になってたかも。
なんでかっていうとね、ジェイクは、
庭で遊ぶのが、なにより好きな犬だったからさ。

青々と輝《かがや》く、ふかふかのしばふを見れば、いったいどんな感じか、たしかめたくなって、ごろごろしちゃったりね。まあ、どんな感じって、そりゃあ、しばふの感じに決まってるんだけどさ。

でも、そんなときのジェイクのようすが、あんまり幸せそうなんで、だれひとり、ジェイクをおっぱらったりはしなかったんだ。

それどころか、自分の家の庭にジェイクが来るのは、幸運のしるしだっていううわさまで広まったぐらいさ。

もしジェイクが、庭にウンチを残していけば、幸運とウンチで、運も二倍になるともいわれてたな。

ほんとだって！　その証拠《しょうこ》に、町の人たちは、なんとかジェイクに来てもらおうと、庭にパイを置いたり、骨《ほね》を置いたりしたんだから。

でも、いつも来てもらえるわけじゃなかった。

なにしろジェイクは、『自由な精神《せいしん》』の持ち主、いや、持ち犬だ。いつ、どこへ行くのかは、そのときの気分しだいなのさ。

そんなわけで、夏のあいだじゅう、ジェイクは、あちこちの、きれいな庭で、たっぷり遊んだ。

町でいちばんかわいくて、緑にあふれ、華《はな》やかな、あの庭に出会うまでは……。

★

運命のその日。

ガムじいさんは、いつものように、ゴミだらけの部屋の、ぼろぼろのベッドで、いびきをかいていた。

お気に入りの夢《ゆめ》も見てた。

巨人《きょじん》になって、町を暴《あば》れまわるっていう、とんでもない夢《ゆめ》だ。

空のうえから、血走った目をUFO《ユーフォー》みたいに光らせる。

そして、おもちゃみたいな小さな家を、一軒《けん》、一軒《けん》のぞきこむ。

それから、子ども部屋に手をつっこんで、おもちゃをひったくって、投げすてる。

大人も子どもも、みんな泣きさけぶ。けど、だれひとり、ガムじいさんを、止めることはできない。

（なんたって、おれは巨人《きょじん》だし、強いし、それに……）

バコンッ！

「ぎゃあっ！」

（な、なんだ⁉　だれかに頭をなぐられたぁ！）

バコンッ！

「うぎゃあっ！　ま、また……」

大パニックのガムじいさん、頭をかかえて、はねおきると、あたりを見まわした。

で、なにが見えたと思う？
妖精《ようせい》だよ。
でも、ぜんぜん、きらきらっとしてないし、
ちっともかわいくない。
それどころか、歯をむきだして、
フライパンをふりかざしてる。
「くそジジィ！　庭の手入れはどうしたぁ！」
妖精《ようせい》のやつ、大声でさけぶと、
また、フライパンをふりおろした。
でも、ガムじいさんもすばやかったね。
さっと身をかわしたもんだから……。
パフッ……
フライパンは、ふとんをヒット。

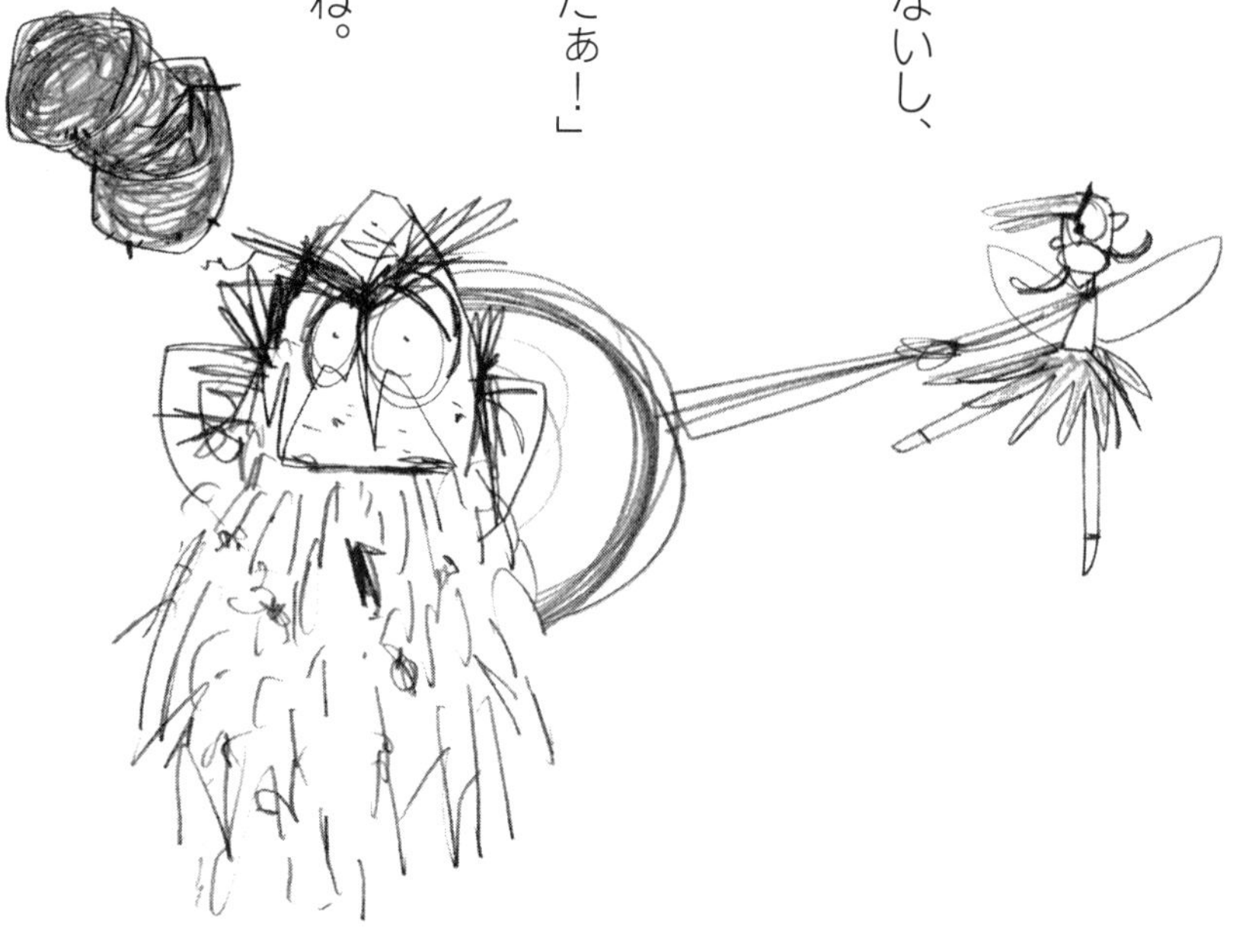

モフンっと、ほこりが舞《ま》いあがる。あ、ついでにアリも。

「はへ？」

妖精《ようせい》があぜんとしているそのすきに、ガムじいさんは部屋を飛び出すと、階段《かいだん》をかけおり、台所へ。そこから外へ逃《に》げ出《だ》そうってわけだ。

ところが、そこでふんづけたのは、かびのはえたピザ。

おぼえてるだろ？　ガムじいさんの家はゴミ屋敷《やしき》だってこと。ふつうじゃありえないようなもんが、そこらじゅう、ちらばってるんだよ。

で、ピザにのっかったガムじいさん、そのまま、すーっとドアにむかってすべってった。チーズとトマト入りのスケボーだね。

だけど、これで安心ってわけじゃない。だって、妖精《ようせい》は空を飛べるんだ。

「まて、くそジジィ！　逃《に》がさねぇぞぉ！」

わめき声は、みるみる迫《せま》ってくるもんだから、ガムじいさん、もうあわてまくり。

「お、おれが、なにしたってんだ！」
必死で、ドアまでたどりつくと、ばーんと開いて。
「**見ろよ。庭の手入れは、ちゃんと……**」
声が出なかった。
言葉が、のどにひっかかっちゃったんだね。
無理もない。だって、しばふはめくれあがってるわ、
花だんはあちこち穴《あな》だらけだわ、ひまわりはなぎたおされてるわ、
バラは食いちぎられて、花びらがバラバラ……。
あ、ごめん。いまのは、ちょっとしたギャグ。
とにかく、庭は、しっちゃかめっちゃかの、ぐっちゃぐちゃ。
だけど、ガムじいさんが、おどろいたのはそれだけじゃない。
庭には大きなカシの木があるんだけどね、
その根本にね、いたんだよ。

でっかい犬が一匹《びき》……。
そう。ジェイクさ。
きれいな庭で遊べるのが、よっぽど楽しいんだろうね。
金色の毛にしばふの葉っぱがくっつくのもかまわず、
あっちへごろごろ、こっちへごろごろ。
幸せいっぱーいって感じで、目もきらきら。
「な、なんなんだ、あの犬っころ……」
ガムじいさんは、あぜん、ぼーぜん。
でも、まだ終わりじゃなかった。
こんどは、土のなかから、モグラが九匹《ひき》、
ぴょこっとあらわれたかと思うと、
ジェイクといっしょになって、遊びはじめた。
いちばんチビの二匹《ひき》は、ジェイクのもふもふのお腹《なか》で、

トランポリン。

のこりの七匹《ひき》は、輪になって、鬼《おに》ごっこ。

と、そこへ、追いついてきた妖精《ようせい》が、フライパンパンチ！

バコンッ！

「これでわかったろ、くそジジィ！」

バチンッ！

「庭がめちゃくちゃなんだよ、くそジジィ！」

ボスッ！

「さっさと片《かた》づけろ、くそジジィ！」

「お、おれのせいじゃないって……」

ガムじいさん、体をまるめて、逃《に》げ出《だ》した。

「あの犬のせいだ。見たこともない犬が、庭を……」

バコンッ！

「だれがやったかなんて、どうでもいいんだよ、くそジジィ！」

バチンッ！

「庭の手入れは、おまえの仕事だろ、くそジジィ！」

ボスッ！

何発もフライパンパンチをくらったガムじいさん、ついにノックアウト。庭のうえに、だらんとのびちゃった。

で、ジェイクはというと、そんなことも知らずに、おおはしゃぎ。

さらに、ジェイクの目には、思わぬものが飛びこんできた。

「うわぁ！　うまそうな骨《ほね》があるぅ！」

と、いったかどうかはわからないけど、とにかく、ものすごくうれしそうに、空にむかって、ほえだした。

なんで空なのかって？　だって、ほんとは骨《ほね》じゃなくて、骨《ほね》の形をした「雲」だったんだもの。

でも、腹《はら》ぺこのジェイクには、見わけがつかない。

そのうえ、雲だから、とてつもなくでかい。

「食べたい、食べたい、食べたーい！　待ってくれぇ！」

ジェイクは、ワンワンほえながら、庭から、かけだしていった。

一方、ようやく目をさましたガムじいさんは、さっそく庭を直す仕事にとりかかった。

でも、これがまたたいへんだった。なにしろ、すぐうしろで、あの妖精《ようせい》が見《み》張《は》ってるんだから。

「のろのろするな、くそジジィ！」

妖精《ようせい》は、フライパンをふりまわしながら、わめきちらし続ける。

ようやく庭がもとどおりになったのは、もう日が沈《しず》みかけたころ。

「こんなこと、二度と許《ゆる》さないからな、くそジジィ！」

バコンッ！

妖精《ようせい》のやつ、ガムじいさんに、最後のフライパンパンチをお見舞《みま》いすると、お風呂《ふろ》の排水口《はいすいこう》のなかへ消えていった。

「ふう……」

さすがのガムじいさんも、がっくりとうなだれて、家にもどっていく。

「あの犬っころめ……。あの顔、もう二度と見たくないぜ……」

でも、二度見ることになったんだなぁ、これが。

いや、二度どころじゃない。何度もさ。つまり、さっきのは、ほんの手はじめだったってこと。

ジェイクは、さっそく、次の日もやって来て、庭をめちゃくちゃにした。

その次の日も、そのまた次の日も、そして、そのまた次の日も……。

あ、その日は来なかったんだ。だって、水曜日だったから。みんなも知ってるだろ？　毎週水曜日は、犬の定休日だって。

でも、もちろん、木曜日には、もどって来た。

というわけで、水曜日以外の毎日、ジェイクは高いへいを飛びこえ、どでかい体で、庭じゅうかけずりまわって、しばふも花だんもぶちこわした。

そのうえ、ときには、「幸ウン」（おぼえてるよね、幸運をよぶウンチのこと）も、残していった。

もちろん、ガムじいさんだって、だまって見てたわけじゃない。こぶしをふりまわして（それも、わざわざ、棒《ぼう》の先にこぶしをくっつけた特別なやつだ）、ジェイクを追いかけた。

だけど、ジェイクはどこふく風。バカにしたように、ワンワンほえながら、庭を走りまわると、割《わ》れガラスをならべたへいをこわがりもせず、さぁっと飛びこえて、逃《に》げちゃうんだ。

こうして、三週間がすぎた。

ガムじいさんの頭も顔も、ぼこぼこだ。だって、そのあいだずっと、妖精《ようせい》のフライパンパンチをくらってたわけだからね。

「このまま、だまってひっこんでるわけには、いかねえ！　そうだろ？」

ガムじいさん、まわりにだれもいないのに、さけんだ。

「あの犬っころ、ひどいめにあわせてやる！」

それから、のしのしと、庭のはずれの小屋にむかうと、なかから、レモン絞《しぼ》り器《き》をとって来た。

ジュースを作ろうってわけじゃない。知恵《ちえ》を絞《しぼ》りだそうとしたんだ。

「さあて、どうしてくれようか……」

ガムじいさんは、レモン絞《しぼ》り器《き》を頭にのっけて、考えはじめた。

第3章 ガムじいさん、世にもおそろしいことを思いつく

次の日の朝、ガムじいさんは、肉屋に出かけた。

肉屋の主人は、がりがりにやせたじいさんで、ビリー・ウィリアム三世って名前だったんだけど、町のだれひとり、どうして「三世」ってつくのか、わからなかった。

「おれの予想じゃ、あのじいさん、若《わか》いころ、刑務所《けいむしょ》にいたんじゃないのかな。囚人《しゅうじん》番号が三番だったんだよ」

そういったのは、ジョナサン・リプルズっていう、町いちばんのデブ。

「町で三番目にいじわるな人って意味なんじゃやない？」

これは、ピーターっていう女の子の意見。

「ちがうさ。あいつは、若《わか》いころ、刑務所《けいむしょ》にいて、囚人《しゅうじん》番号が……」

洗濯屋《ランドリー》のマーチン・ランドリーがいいかけたところで、ジョナサン・リプルズが、むっとした。

「おい、おれのまねをするな！」

でも、マーチン・ランドリーは、すずしい顔。

「だまれ、デブ。そんなことより、ダイエットでもしたらどうだ？」

ま、こういうことは、ビリー・ウィリアム三世に聞いたほうが早いよね。

「おらぁ、ほんとは王さまの親せきなんさ」

ビリーは、大まじめな顔でそういった。

「三世ってのは、次のエゲレスの王さまになる三番目の候補《こうほ》っちゅうこった」

いっとくけど、エゲレスっていうのは、イギリスのことだよ。ビリーの発音はひどいもんでね。自分の国の名前さえ、まともにいえないんだ。

だからってわけじゃないけど、町の人のだれひとり、ビリーの話を信じちゃいなかった。というか、ほんとは、ビリー本人も信じてはいなかったんだけど。つまりビリーなりのジョークだったってわけ。だけど、ビリーときたら、いつもいじわるそうな顔でむすっとしてたから、ジョークだって気がつく人も、だれもいなかったんだ。

って、そんなことより、ガムじいさんの話だ。

ガムじいさんがビリーの店に行ったのは、でっかい肉のかたまりを買うためだったんだ。

「いいことを思いついたのさ、ヒッヒッヒッ」

気持ち悪い笑い声をあげるガムじいさんに、肉屋のビリーは、むすっとしていった。

「あんたが考えてること、あててやろうか。肉に毒をしこんで、でっかい犬っころに食わせて殺しちまおうってんだろ?」

牛の腎臓《じんぞう》
ブタの骨
ソーセージ
馬の肉
牛の心臓《しんぞう》

「え？　ま、まあ、そんなとこだ……」

あっさりと見ぬかれて、ガムじいさん、おどおど。ほんとは、自分で説明してビリーを驚《おどろ》かせたかったんだ。自分がどんなに悪がしこくて、くさった根性《こんじょう》の持ち主かをね。

「ふん、おめえさんの根性《こんじょう》なんかより、もっとくさったもんがあるぜ」

ビリーがさしだした袋《ふくろ》は、ほんとにくさかった。それはもう、鼻がまがりそうなくらいにね。

「牛の心臓《しんぞう》よ。先週の火曜からずっと、日なたにほっておいたんだ。たっぷり一キロはあるからな、こいつを食わせりゃ、どんな犬っころもイチコロだぜ」

「だけど、なんだって、わざわざ日なたに置いといたんだ？」

ガムじいさんは、指でつまむようにして、おそるおそる袋《ふくろ》を受けとった。

「なぜって、おらぁ、ハエがぶんぶん飛びまわるのを見るのが、大好きだからよ。だって、おもぐろいじゃねえか！」

おもぐろいっていうのは、おもしろいってこと。前にいったよね、ビリーの発音はひどいって。

「くさった牛の心臓《しんぞう》に、山ほどハエがたかってるんだぜ！　エゲレスでいちばんおもぐれぇだろ！」

「……ああ、そうだな。とにかく、ありがとよ」

ガムじいさんは、ビリーにお金をいくらかわたした。

お金っていっても、ニセモノだけどね。あとで、ビリーが気づいて、くやしがるところを想像《そうぞう》するのが楽しいってことらしい。

というわけで、ガムじいさん、くさった牛の心臓《しんぞう》をぶらさげて、家にむかって歩き出した。だけど、なんだか気分が落ち着かない。

「そうか。今日はまだ、だれもいじめてないからだ」

ガムじいさんは、あたりを見まわした。だれでもいい、そのへんで遊んでいる子どもを、ひどいめにあわせてやろうと思ったんだ。

でも、どうしたわけか、人っ子ひとりいない。しかたなく、ガムじいさんは、新聞を買った。開いてみると、十歳《さい》ぐらいの男の子の写真がのっている。

ないしょでゲップをする世界大会で、みごと優勝《ゆうしょう》！

「ようし、こいつでいい」

ガムじいさんは、写真のなかの男の子を、思いっきり、にらみつけた。そして、そのまま、家にむかって、また歩き出した。

新聞をにらみつけたまま歩くなんて、あぶないに決まってる。ガムじいさんも、途中《とちゅう》で、石にけっつまずいて、ころびそうになった。で、そのとき、どう思ったと思う？

写真の男の子に、しかえしされたと思ったんだ。

「やるじゃねえか、くそガキ！　だったら、こうしてやる！」

ガムじいさんは、さっきの何十倍も力をこめて、写真をにらみかえした。

「どうだ！　おれの勝ちだ！」

いやはや、ほんと、ガムじいさんって、イカレてるよね。

★

さて、家に帰ると、ガムじいさんは、ドアというドア、窓《まど》という窓《まど》、ぜんぶにカギをかけた。

それから、玄関《げんかん》に置いてあった、大きな木の箱に腰《こし》をおろしたんだけど、これが、すてきな箱でね。まわりに、波とか、クジラとか、帆船《はんせん》とか、海にまつわる楽しい絵が、いろいろ彫《ほ》ってあるんだ。

ガムじいさんは、これを四十年ぐらい前に手に入れたらしい。でも、すてきな絵なんか、一度だって、まともに見たことはなかった。それどころか、ふたを開いたことさえなかった。

もし開けていたら、このお話も変わっていただろうね。

題名も**『ガムじいさんのチョコレートみたいな冒険《ぼうけん》』**って、楽しそうなやつになってたはずだ。

どうしてか。それはこういうこと。

古い木箱のもともとの持ち主は、ナサニエル・サーネイム、海の英雄《えいゆう》とたたえられた、勇敢《ゆうかん》な船乗りだった。

ずっとむかしの、ある火曜日のこと。

ナサニエルは、スペインの海辺の村が、ケビンっていう悪い海賊《かいぞく》に襲《おそ》われているのを発見した。

そこで、ナサニエルは、海賊《かいぞく》を退治《たいじ》してやった。

すると、村人が、お礼に木箱をくれた。

なかには、ぎっしりとチョコレートがつまってた。

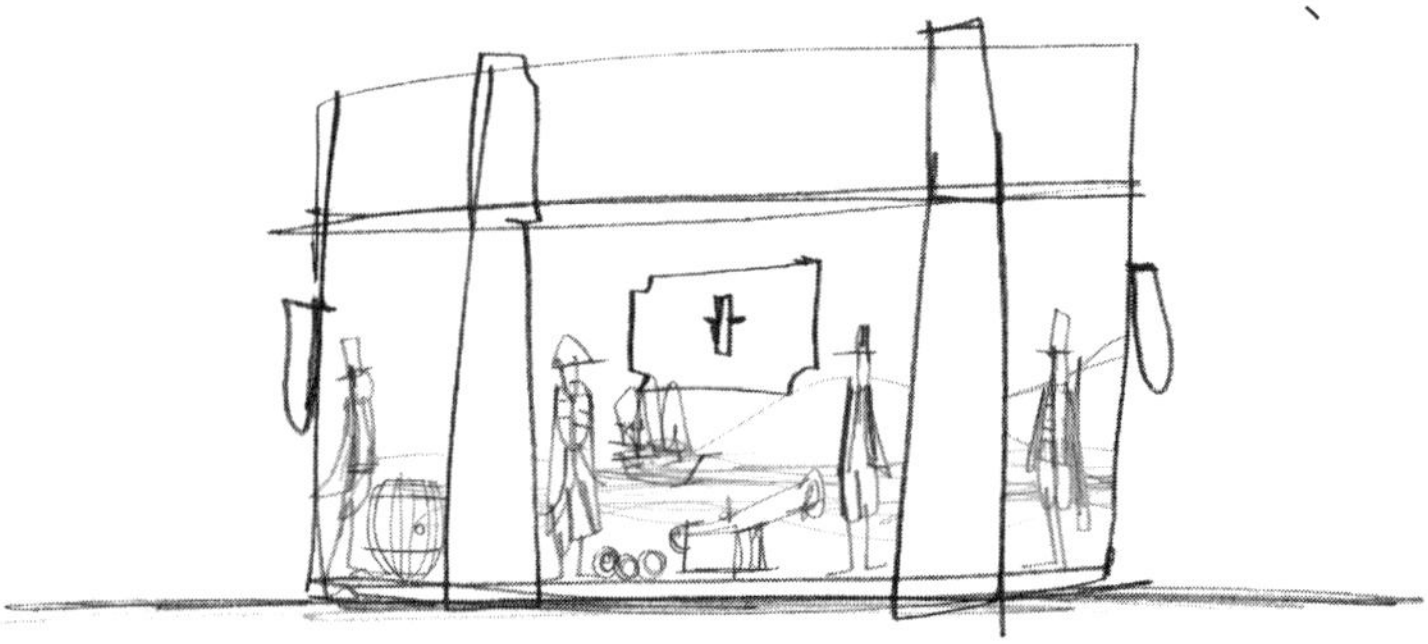

ただし、ただのチョコじゃない。

村の近くの海に住むイルカが作ったという、伝説のチョコだ。

『これは魔法《まほう》の力があるチョコレートである』

なんで、小さな字で書くんだって？　だって、チョコの包み紙に、ちっちゃい字で書いてあったからだよ。

ただ、ガムじいさんが、どうやってこの木箱を手に入れたのかは、わからないんだ。わかってるのは、ガムじいさんは、木箱を、四十年間もほっぽらかしたせいで、なかにあま～いお宝《たから》が入っていることになんか、ぜんぜん気づかなかったってこと。

みんなも、おぼえとくといい。ぷんぷん怒《おこ》って、まわりの人をいじめたり、いばりちらしていると、すばらしいお宝《たから》を見逃《みのが》すもんだってこと。

有名な歌にもあるでしょ。

♪いつも、すてきなことに、目をむけようよ
だって、いやなこと、悪いことばっかり、考えてると
あまーいチョコレートが、もらえないからね
イエー、イエー、イエィ、イエィ、イエーイ！

え？　こんな歌、聞いたことない？

あ、そう……。とにかく、いいたいのは、みんなには、ガムじいさんみたいにならないでほしいってこと。魔法《まほう》のチョコレートのうえにすわっているとも知らず、悪だくみに夢中《むちゅう》になってるなんて、サイテーだろ？

「さぁて、まずは、牛の心臓《しんぞう》が、ちゃんとくさってるかどうか、たしかめなくちゃいかんぞ。でも、どうすればいいだろう……」

しばらく考えこんでたガムじいさん、急に、ぽんと手をたたいた。

「そうか！　自分でためしてみればいいんだ！」

ガムじいさん、袋《ふくろ》からくさった心臓《しんぞう》をとりだすと、口をあんぐりとあけた。

「ああ、おれはなんてワルで、なんて頭がいいんだろう！」

ひとりで、にやにやしながら、ガムじいさんは、とんでもなくくさくて、緑のような赤のような、気持ち悪ーい色の牛の心臓《しんぞう》を、口に近づけて……。

がぶり！

と、かみつこうとした瞬間《しゅんかん》。

「やっぱり、
これはあんまり頭がいい方法じゃないかもな」

ガムじいさんは、
牛の心臓《しんぞう》を袋《ふくろ》にもどした。

それから、あごひげを、
ぽりぽり、かきながら、

考えこんだ。

べつに、かゆくもなんともなかったけどね。でも、そうやると、いかにも、考えこんでる感じがするから、やってみたってだけ。

で、考えたあげく、牛の心臓《しんぞう》は、殺《さっ》チュー剤《ざい》のびんに入れることにした。

殺《さっ》虫剤《ざい》じゃないよ、殺《さっ》チュー剤《ざい》だよ。だって、ネズミを殺すための薬なんだから。

殺虫剤《さっちゅうざい》も危険《きけん》だけど、殺《さっ》チュー剤《ざい》は、それよりずっとずっと強力な猛毒《もうどく》だ。ガムじいさんは、その薬のなかに、牛の心臓《しんぞう》を漬《つ》けこんだんだ。

「これで、準備《じゅんび》ＯＫ《オーケー》！　あの犬っころめ、こいつを食ったら、ぶったまげるだろうよ。ヒッヒッヒッ！」

第4章 ガムじいさん、お茶を飲む

それから、ガムじいさんは、お茶を一杯《ぱい》、飲んで、休んだ。

第5章

女の子の名前はポリー（って、ほんとはちがうけど……）

次の朝、ガムじいさんは、まっさきに牛の心臓《しんぞう》を見にいった。

ひと晩中《ばんじゅう》、殺《さっ》チュー剤《ざい》に漬《つ》けただけあって、においも色も、ますますひどいことになってた。

「ヒッヒッヒッ！　これなら、あの犬っころ、まちがいなくイチコロさ！」

と思ったんだけど。

「いや、待てよ。あんなバカ犬でも、獣《けもの》の本能《ほんのう》ってやつがあるはずだ。『こいつは、食ったらあぶない』って、気がつくかもしれねえ。においをごまかす方法を考えたほうがいいかもしれんぞ」

ガムじいさんは、台所を見まわした。なにか、いいにおいのするものがないか、探《さが》したわけだ。

でも、なんにもなかった。あたりまえだよね、ゴミ屋敷《やしき》だもの。

あるのは、しなびた大根に、カピカピに乾《かわ》いたシイタケ、カビのはえたポテトチップスだけ。

「しょうがねぇ。町へ行って、なんか買ってくるか」

家を出たガムじいさんの気分はサイアク。ひとりで、ぶつぶつ、大声で文句《もんく》をいいながら、歩いていった。

「ああ、めんどくさいったら、ありゃしねぇ！　こうなったら、絶対《ぜったい》に、あの、くそったれの、でっかい犬っころに毒を食らわせてやるぜ！」

ところが、これを耳にした子がいた。垣根《かきね》のむこうで遊んでた女の子だ。

「いまの声、ガムじいさんじゃない？『でっかい犬っころ』って、いったい、なんのことだろ……」

女の子は、さっそく、頭のなかに、でっかい犬のリストを作ってみた。リストはすぐにできた。だって、女の子が知ってるでっかい犬は一匹《ぴき》しかいなかったからね。

それはジェイク。大きくて、人なつっこい、金色の毛並《けな》みのハウンド犬。

「たいへん！」

女の子は、飛びあがった。

「だめだめだめ！　ぜぇーったい、だめ！　だって、あたしは、犬が大好きだし、ジェイクも大好きだし、ジェイクには、あぶないところを助けてもらったことがあるし、ジェイクが死んじゃったら、いっしょに遊べなくなっちゃうじゃないの！　助けなくちゃ！　あの、サイアクないじわるじいさんから、ジェイクを助けなくちゃ！　だれが？　あたしよ！　あたしのほかにだれがいるっていうの！」

ずいぶんと、長々とまくしたてたもんだけど、この女の子の名前は、もっと長いんだ。ジャミー・グラミー・ラミー・ファッパ・ファッパ・バーリン・ステレオ・エオ・エオ・レッブ……。

ああ、もうめんどくさいから、やーめた。

ポリー。このお話では、そう呼《よ》ぶことにするよ。彼女《かのじょ》の友だちだって、みんな、ポリーって呼《よ》んでるんだし。

だから、きみたちも、友だちになってあげたほうがいいよ。そうじゃないと、ポリーじゃなくて、ジャミー・グラミー・ラミー・ファッパ……って、呼《よ》ばなくちゃいけないはめになるから。

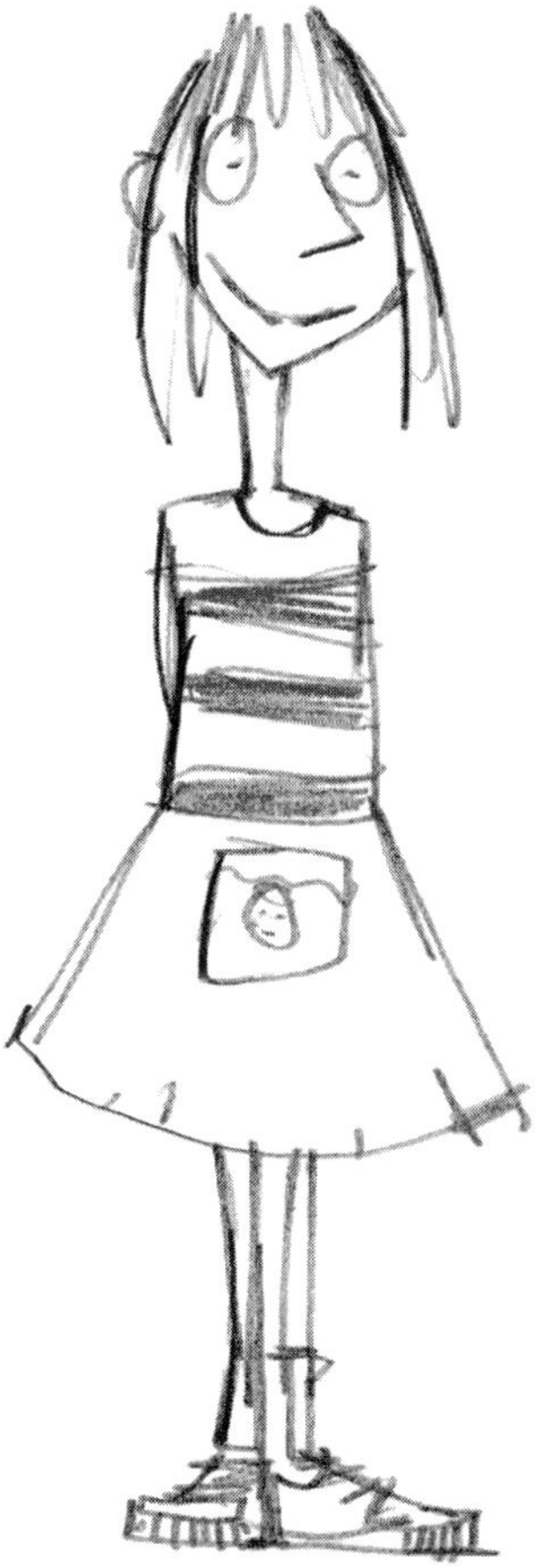

それに、ポリーは、とってもいい子なんだ。年は九歳《さい》。髪《かみ》の色は、夢見《ゆめみ》る子ネコみたいな茶色で、笑うと、ダイヤモンドみたいにきらめく歯がのぞくんだよ。ね、すっごくかわいいでしょ?

★

それはともかく、ポリーは、垣根《かきね》のむこうから、走り出した。

「ガムじいさんが、どんな悪だくみを考えているのか、わからないけど、ジェイクがひどいめにあうの、ほうっておくわけにはいかないわ!」

その速いこと、速いこと! まるで「暴走《ぼうそう》ビー玉」みたいさ。

え? 意味がわからない? とにかく、すごい勢《いきお》いだってこと!

『**めっちゃおもしろいもののお店**』っていう看板《かんばん》にも、目もくれなかった。

いや、ほんというと、通りすぎたあと、お店までもどったんだけどね。だって、

『めっちゃおもしろいもの』って、なんなのか、だれだって気になるでしょ？

だけど、ポリーは、ジェイクのことを思い出して、お店に入るのを、ぐっとがまんした。

そして、また、走りに走った。ゴミがいっぱいのゴミ箱には目もくれず、そのまた次のお姫《ひめ》さまがいっぱいのゴミ箱にも……。

「え？　お姫《ひめ》さまがいっぱいのゴミ箱？」

ポリーの足が止まりかけた。

「ああ、お姫《ひめ》さまがいっぱいのゴミ箱のなかだけは、見てみたい……」

でも、ぐっとがまんした。

「だめだめ！　ジェイクを助けなくちゃ！」

ポリーは、またまた、走りに走った。

でっかい木の前を通りすぎ、ちょっとでっかい木の前も通りすぎ、ちっちゃな木の前も、ちっちゃなちっちゃな木の前も、石ころみたいな木の前も……。

「あ、石ころみたいな、じゃなくて、ただの石ころか……」

ポリーは、またまたまた、走りに走った。

道に寝《ね》そべったネコの耳の横を通りすぎ、そのあと、道に寝《ね》そべったネコの鼻の横も通りすぎ、それから、道に寝《ね》そべったネコの体としっぽの横を……。

「うっそ！　いまのぜんぶ、一匹《ぴき》のネコだったの？」

そんな巨大《きょだい》なネコがいたら、もう一度見たいところだけど、それでも、ポリーは、風のように走り続けた。

さすがにつかれて、そよ風のように歩いたときもあったけど、ジェイクのことを思って、ガッツでスピードアップ。

そんな風にして、三十分ぐらい走ったところで。

「いっけない！　すっごく大切なこと、わすれてた！」

なにをわすれていたかって？

ジェイクの居場所《いばしょ》だよ。ポリーは、ジェイクがどこにいるのか知らずに、走ってたんだ。

だれかに聞けばいい？　たしかに。でも、それは無理。

だって、そのときにはもう、ポリーは、町の外にいたからね。

しかも、目の前は森。それも、うっそうとした、暗くて、あやしげなやつだ。

何百年も前から立っていそうな、古ーい大木がずらりとならんで、まるで、ポリーにこういってるみたいだった。

「帰れ。ここは、おまえの来るようなところじゃない」

それから、氷みたいに冷たい風が、ぴゅーっと吹《ふ》いた。

ポリーはふるえあがった。そして、見た。

大木の下に咲《さ》いた花が一輪、ポリーにむかって、牙《きば》をむいたのを……。

「**きゃあっ！**」

こわくて、こわくて、ポリーは、

へなへなっと、
しゃがみこんだ。
ところが、
腰《こし》をおろしたのは、
でっかくて、
気味の悪い色の
毒キノコ！
「どうしよう……。
ここはおばけの森だし、
ジェイクが
どこにいるかわからないし、
お花はあたしを食べようとしてるし……」
とうとう、ポリーは、泣き出しちゃった。

そんなポリーを、おじいさんがひとり、秘密《ひみつ》の小屋から、のぞいていた。

ポリーは、ちっとも気づいていなかったけどね。

って、そりゃそうだ。秘密の小屋なんだから。

「おやおや？　あの声はなんだ？　女の子が泣いているのかな？」

おじいさんは、秘密《ひみつ》の小屋で、こっそりとつぶやいた。

★

第5章は、ここでおしまい。

おじいさんの正体はガムじいさんなのか、別人だけど、ポリーをひどいめにあわせようとしている悪者なのか、はたまた、実はいい人なのかは、教えてあげないよ。

そうさ。いまはまだ、ポリーはフライデー・オレアリーじいさんの小屋の近くにいて、オレアリーじいさんは、どんなことでもよく知っている、とってもすてきな人で、このお話ではヒーローになるなんてこと、教えるつもりはないね。

それは、次の次、第7章で教えてあげるさ。

だって、そのほうが、「あのおじいさん、いったいどんな人なんだろう」って、どきどきするじゃないか？

第6章 ついに準備《じゅんび》完了

さて、そのころ。

ガムじいさんが、いつものように、ぶつぶつ文句《もんく》をいいながら、町を歩いていると、ちょうど、ビリー・ウィリアム三世の肉屋の前を通りがかった。

（ちょっと寄《よ》ってみるかな……）

けど、やめにした。そんなの時間の無駄《むだ》だと思ったんだ。別におもしろそうなものがあるわけでもなし、それどころか、めちゃくちゃくさいだけだもの。

もっとも、それが、ビリーを気に入ってる理由でもあったんだけどね。とにかく、ビリーってやつは、くさいやつだったんだ。

ガムじいさんは、外から店をのぞくことにした。
ちょうど、お客さんがだれもいなかったんで、店のなかはまる見えだった。
で、なにが見えたと思う？
ビリーったら、〈肉屋のダーツ〉をやってたんだ。
ダーツは知ってるよね？
的にむかって、矢を投げるゲームさ。
でも、〈肉屋のダーツ〉で投げるのは矢じゃない。
ヒツジの骨《ほね》だ。

なんでも、ビリーは、このゲームを、酔《よ》っぱらっているときに思いついたらしい。

ガムじいさんも、〈肉屋のダーツ〉は大好きだった。

けど、今日はやめておいた。

「いまは、魚のフライを作るほうが大切だ。
いや、魚をフライにするより、
魚に毒を食わせるほうがいいな。
いやいや、毒を食わせるのは犬だ!」

というわけで、ガムじいさんは、ビリーの店の前を通りすぎた。

そして、通りのはしっこにある、お菓子屋《かしや》さんにむかった。

その名も『マダム・ラブリーのお菓子《かし》の国』。

いうまでもないけど、ガムじいさん、この店が、心の底からきらいだった。

そりゃそうさ。うすよごれた悪魔《あくま》みたいなじいさんは、お菓子《かし》とか、誕生《たんじょう》パーティとか、かわいい子ネコとか、とにかく「楽しいもの」がだいっきらいなんだから。

ちなみに、ガムじいさんは音楽もきらいだった。モーツァルトなんて、とんでもない。そんなもの聞くぐらいだったら、うなりをあげるブルドーザーの音のほうが、よっぽどよかった。

クラシック音楽だけじゃない。ポップミュージックもきらいだった。

みんなは『ビートルズ』って、知ってる？　世界的に有名なバンドなんだけど、ガムじいさんは、それもきらいだった。ただ「ビートルズ」っていう名前だけは気に入ってた。なぜって、「ビートル」は「かぶと虫」っていう意味で、世のなかには、虫って聞いただけで、ふるえあがる人がたくさんいるからさ。

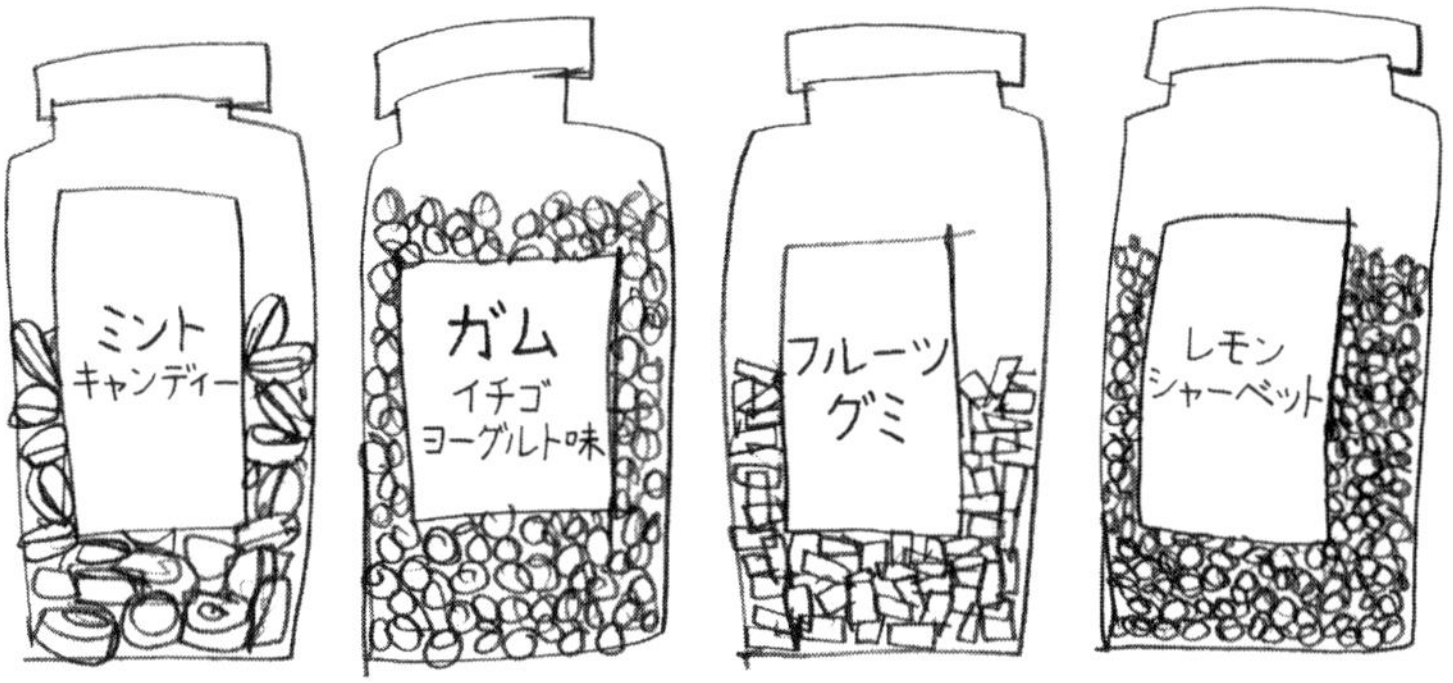

そんなわけだから、ガムじいさんは、『マダム・ラブリーのお菓子《かし》の国』のドアを開けるのさえ、びくびくした。

そして、お菓子《かし》のあまーい香《かお》りに包まれたとたん、鳥肌《とりはだ》がたった。

「レモンシャーベット・ジュースの粉のにおい、イチゴヨーグルトのにおい、ミントキャンディーのにおい……。それが、ぜんぶまじって……。うっぷ、吐《は》きそうだ！」

こんなガムじいさんだけど、子どものころは、つまり、悪いじいさんになる前は、お菓子《かし》が大好きだったんだよねぇ。

そのせいか、ガムじいさんの耳には、どこかから、こんな声が聞こえてきた。

「あのころのきみは、どこへ行ったんだい？　さあ、もどろうよ。むかしの、いい子だったころに。まだまにあうさ。もどろうよ、ガムじいさん！」

最初、ガムじいさんは、声は、自分の頭のなかから聞こえるような気がした。ところがだ。ふと、となりに男の子がひとり、立っているのに気がついた。しかも、男の子の口が動くたび、声が飛び出してくるじゃないか。

「むかしにもどろうよ、ガムじいさん。また、いい子になれるって！」

男の子はそういいながら、フルーツ味のガムをさしだしている。

ガムじいさんは、ふるえあがった。どうしてかはわからないけど、お菓子《かし》のにおいよりずっと、男の子に恐怖《きょうふ》を感じたんだ。

「なにが『むかしにもどろうよ』だ！　出ていけ！　おれの目の前から、とっとと消えやがれ！」

ガムじいさんは、歯をむいてうなると、男の子を店の外へ突《つ》き飛《と》ばした。

ちょうどそこへ、店の奥《おく》から、ラブリーさんがあらわれた。その顔いっぱいに広がったやさしそうな笑みに、ガムじいさんは、またまた、ぞっとした。

（鼻や耳まで、やさしそうじゃないか……。いったいどうすりゃ、こんなやさしそうな顔ができるんだ……）

そりゃあ、ラブリーさんは、いつだって、親切でやさしいからさ。ガムじいさんみたいな、この世でサイアクな人に対してさえ、思いやりをもって、話しかけてくれるんだ。

もちろん、ガムじいさんにとっては、そこがまた、いらいらするところだった。なので、このときも、思いっきり意地悪そうな笑みを浮《う》かべて、思いっきり悪い言葉を投げつけてやった。

「まだ生きてやがったか、よぼよぼ魔女《まじょ》め！　とっとと、レモンシャーベット・ジュースの粉をよこしな！」

ラブリーさんの目が、きらきらっと光った。

「まあ、ガムおじいさん、
よくぞいらっしゃいました。
今日はほんとにいいお天気ですこと。
レモンシャーベット・ジュースの粉ですか？
はいはい、こちらをどうぞ」
ラブリーさんったら、少しも変わらず、
ほがらかにジュースの粉を
さしだしたもんだから、
ガムじいさん、目をパチパチ。
「ちっ！　気持ちの悪い魔女《まじょ》だぜ！」
ののしりながら、ガムじいさんは、
お金をわたした。
ただ、この「お金」が問題でね。

ほんとうは、まるい形に切ったジャガイモなんだ。それに色をぬって、コインみたいに見せかけてあるだけ。これはもう、ただのケチを通りこして、りっぱな犯罪《はんざい》さ。

ところがだ。ジャガイモの「コイン」が、ラブリーさんの手のうえにのったとたん、ほんもののお金に変わったんだ。しかも、そのうちのひとつは宝石《ほうせき》になっちゃった。

これには、ワルのガムじいさんも、びっくりぎょうてん！

ジュースの粉をかかえると、ものもいわず、店を転がり出た。

「ガムおじいさん、お目にかかれて、うれしかったですわ！」

ラブリーさん、あいかわらずニコニコ顔で、ガムじいさんを見送った。

「ぜひ、またおいでくださいな！」

★

そのあと、どうやって家まで歩いたのか、ガムじいさんは、思い出すことができなかった。なんでかっていうと、タクシーに乗ったからなんだけどね。

「と、とにかく、早いところ、計画にとりかからなくちゃ……」

ラブリーさんには驚《おどろ》かされたけど、ゴミだらけの台所に入ると、元気がもどってきたらしい。ガムじいさんは、うれしそうに手をこすったり、にやにやしながら、おかしなダンスまではじめた。

そのすがたときたら、まるで、クリスマスの朝、子どもたちのプレゼントに鼻水をたらして、にんまりする悪い妖精《ようせい》みたいだったね。

それから、ガムじいさんは、レモンシャーベット・ジュースの粉を、あの毒に浸《ひた》したくさった牛の心臓《しんぞう》にまきちらすと、鼻を近づけた。

「うげえ！」

ガムじいさんは、のどをおさえて、のけぞった。

「く、くさい！　レモンと、明るい日射《ひざ》しと、友情《ゆうじょう》のにおいがする！　くさすぎて、息もできやしねえ！」

できるだけにおいをかがずにすむよう、両腕をいっぱいにのばして、牛の心臓《しんぞう》がのった皿をもちあげた。そして、台所を出ると、完ぺきに美しい庭のどまんなかに皿を置いた。

「こうすりゃ、あのバカ犬でも、気がつくだろうさ。ヒッヒッヒッ！」

この日は、風がそよとも吹《ふ》かないおだやかな一日だった。遠くから、ニワトリの声も聞こえてくる。

ガムじいさんも、すっかりリラックスして、ゴミ屋敷《やしき》のなかにひっこむと、お気に入りのこわれたイスに腰《こし》をおろした。

「ついに準備《じゅんび》完了。あとは、のんびり待つだけだ。ヒッヒッヒッ！」

第7章 フライデー・オレアリー

さあて、約束通り、第5章のポリーの話にもどろう。

まさか、わすれちゃいないよね? そう、秘密《ひみつ》の小屋のそばで、ポリーがオイオイ泣いてた、あのシーンだよ。

そんなポリーを、小屋からじっと見ていたのは、いったいなんていう名前の、どんなおじいさんなんでしょうか!

うーん、みんな、知りたくてたまらないみたいだな!

いいとも! 教えてあげようじゃないか!

あのおじいさんは、フライデー・オレアリーっていう名前で、この話のヒーローになるんだよ！

どう？　驚《おどろ》いただろ？

これから先、もし、きみの友だちが、

「じいさんって、どいつもこいつも、憎《にく》たらしくて、いやなやつだよな」

って、いってきても、すぐに答えちゃだめだぞ。

その前に、この話のことを思い出すんだ。そうすれば、きみは、

「じいさんは、みんな、憎《にく》たらしいだって？　バカなこというなよ！」

って、答えるだろうからね。

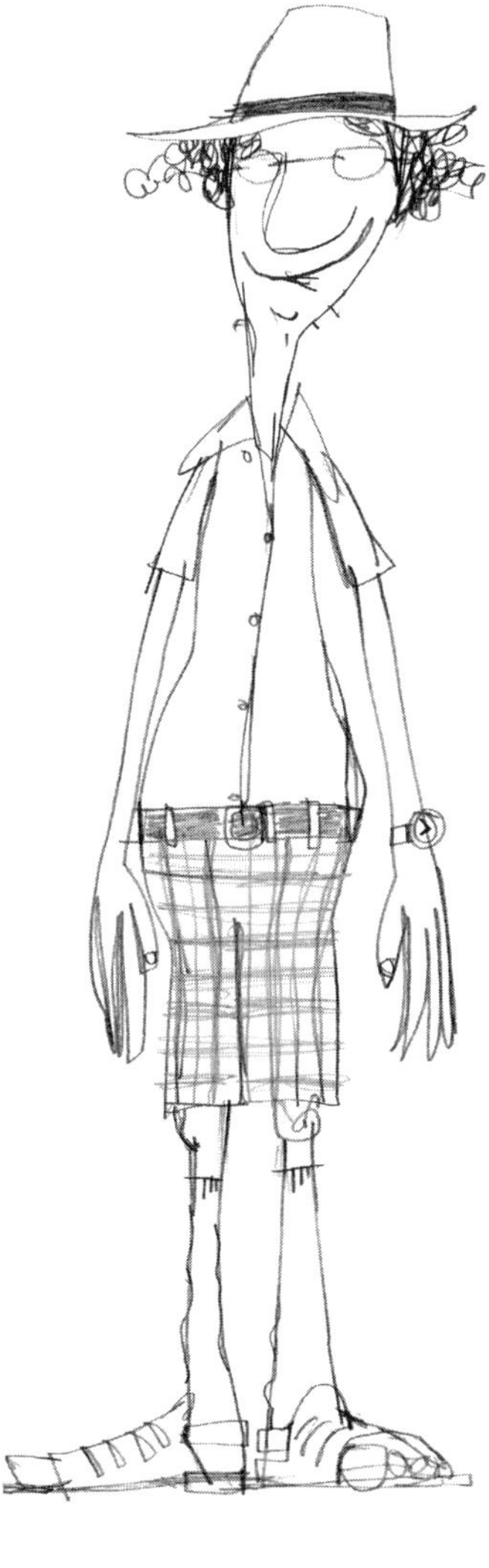

それでも、友だちは、こういうかもしれない。

「憎《にく》たらしいって！　だって、ガムじいさんを見ろよ。サイテー、サイアクじゃないか！」

「それはそうだね」

「だろ？　それにビリー・ウィリアム三世も、カリフラワーを生で食べさせられたときと同じくらい、サイテーだ！」

「たしかに。でも、きみは、フライデー・オレアリーのこと、わすれてないかい？　あの人だって、じいさんだけど、最高のヒーローじゃないか！」

すると、友だちはこういうはずだ。

「ああ、そうだった！　なんてぼくはバカだったんだろう！」

★

それじゃあ、フライデー・オレアリーは、いったいどんな人なのか？
正直いうと、よくわからないんだ。町でも、彼《かれ》はミステリアスなおじいさんと
いわれていたからね。
とりあえず、町のうわさや、ちょっとだけほんとらしい情報《じょうほう》、それと、まっか
なうそをもとにすると、こんな人らしい。

・年は「ミスター・ヒルズ」と同じくらいで、「ミスター・ヒルズ」と同じくら
い頭がよくて、でも、背《せ》は「ミスター・ヒルズ」よりずっと低い。
・はげ頭に、もじゃもじゃの髪《かみ》がはえている。
・足の数はふつうの人間と同じ。
・砂浜《すなはま》で白い砂粒《すなつぶ》を見つけられるほど目がいい（ただし、その白い砂粒《すなつぶ》はゾウぐ
らいの大きさで、砂浜《すなはま》は幼稚園《ようちえん》の砂場《すなば》ぐらいの広さしかない）。
・好きな色は「26」で、好きな数字は「緑」（ただし、ときどき、色と数字の区

別がつかなくなるらしい）。
・世界最小の切手のコレクションを持っていることで有名（つまり、一枚《まい》も切手を持ってないってこと）。

あ、そうそう。もうひとつ、とってもだいじな情報《じょうほう》がある。
どうしてかはオレアリーにしかわからないんだけど、
ときどき、セリフの最後に大声でこうつけ加えることがあるんだ。
『レモンパイを信じろ！』
というわけで、

その日の朝、フライデー・オレアリーは、リビングルームで、自分で作詞《さくし》作曲をした歌を歌っていた。

題名は『自分で作詞《さくし》作曲をした歌を歌っている』。自分で作詞《さくし》作曲した歌をどんなふうに歌うかについての歌だ（ちなみに『でも、そのときは自分で作詞《さくし》作曲した歌は歌っていなかった』っていう歌もあるよ）。

で、いよいよ歌の最後にさしかかったところで、とつぜん、電話が鳴った。フライデーはあわてて歌をやめて、電話へダッシュした。でも、まにあわなかった。まあ、しかたがないね。だって、鳴ったのは、友だちのエセル・フランプトンの家の電話で、電話をとったのも、とうぜんエセルで、しかもエセルの家は、フライデーの小屋から百キロメートルも離《はな》れたところにあったんだから。

それでも、電話をかけてきたのは、エセルの友だちのメイビスで、

「もしもし、エセル？　あたし、メイビス。元気にしてる？」

って、いったのはわかったから、フライデーは満足だったと思うな。

★

そんなわけで、電話をとりそこなったフライデーは、またリビングルームにもどってきた。すると、どうだろう？　小屋の外から、悲しそうにすすり泣く声が聞こえるじゃないか！

フライデーはびっくりして、窓《まど》にかけよった。そして、ここでついに、第5章に書いた、あのなぞめいた発言が飛び出したというわけだ。

「おやおや？　あの声はなんだ？　女の子が泣いているのかな？」

フライデーは、小屋から出ると、ポリーに声をかけた。

「こんにちは、お嬢《じょう》ちゃん。いったいどうして泣いているんだい？　レモンパイを信じろ！」

ポリーは、びっくりして、こういった。

「あ、あなたはだれ？」

無理もない。だって、ポリーは、ふだんから、お母さんに、『知らない人とむやみに話してはだめよ！』って、いわれていたから。ポリーのお母さんは、ほかにもこういっていた。

・一日に二回、歯をみがくこと！
・ごはんの前には、必ず手を洗《あら》うこと！
・パン切りナイフで足を切り落とさないように！

とはいえ、なんといっても役に立つアドバイスが、『知らない人とむやみに話してはだめよ！』なのは、まちがいないね。とくに、いまみたいに、目の前に立っているのが、どう見ても変わったおじいさんだっていうときは。

「わしがだれか、だって？　みんなは『マンゴー・バブルズ』と呼《よ》ぶんだが、どうしてなのか、わからんのだ。

だって、わしの名前は『フライデー・オレアリー』だからな」

それを聞いて、ポリーは、びっくりぎょうてん！

なぜって、前に、お母さんがこんな話をしていたからだ。

森の近くに、なぞのおじいさんがいるって、うわさがあるの。名前はフライデー・オレアリー。どこに住んでいるか、正確《せいかく》にはわからないんだけどね。ええ、総理《そうり》大臣だって、知らないそうよ。

でもね、ほんとうにこまったことがあるときは、そのおじいさんのところへ行くと、いいんですって。どんなことでも、ぴしゃっと解決《かいけつ》してくれるらしいの。ええ、総理《そうり》大臣なんかより、ずっとたよりになるんだから。

それで、ポリーは大喜びしたかっていうと、そうじゃなかった。

（すぐに信用しちゃだめ。だって、フライデー・オレアリーさんのふりをした、悪いおじいさんかもしれないもの）

ポリーは、お母さんの話を、もう一度よく考えてみた。そして、こうもいっていたのを、思い出したんだ。

フライデー・オレアリーって、五つのピンポン球と一本のバナナで、お手玉ができちゃうらしいの。すごいでしょ？

ポリーは、さっそく、フライデーにお願いしてみた。うまいことに、ピンポン球五つとバナナ一本が、スカートのポケットに入っていたしね。

すると、どうだろう。

フライデーは、
ほんとうに、
五つのピンポン球と
一本のバナナを、落としもせず、

みごとにお手玉をしてみせたんだ。
（この人、ほんもののフライデー・オレアリーさんだ！）
その瞬間《しゅんかん》、うっそうとした暗い森が、
みるみる明るくなって、
「ようこそ、ポリー！」っていってくれたような気がした。
ポリーにかみつこうとしていた花も、
ふつうのきれいな花になったように見えた。
「こんにちは、フライデー・オレアリーさん！」
ポリーは、目をきらきらさせた。
「お会いできてうれしいです！
あたしは、ジャミー・グラミー・ラミー・フアッパ……」
あわてて、フライデーが口をはさんだ。
「いや、ポリーって、呼《よ》ばせてもらうよ」

第8章 ついに事件《じけん》が……

さあ、これで、フライデー・オレアリーのことも、わかったね?

でもみんな、だいじなことをひとつ、わすれてない?

そう、ジェイクさ。ジェイクがいなくちゃ、この話は進まない。

ただ、こまったことに、ジェイクがどこに住んでいるかも、だれひとり、知らなかったんだな。

「やつは、どこかの農場にいて、ふだんはほかの動物と遊んでるのさ」

そういったのは、ジョナサン・リプルズっていう、町いちばんのデブ。

「ううん、町いちばんのお金持ちの家に住んでて、金でできた骨《ほね》をもらってるんじゃない？」
　これは、ピーターっていう女の子の意見。
「そうかもしれんが、おれの意見はちがうな」
　口をはさんだのは、
洗濯屋《ランドリー》のマーチン・ランドリー。
「やつは、どこかの農場にいて、
ふだんはほかの動物と……」
　その瞬間《しゅんかん》、マーチンのお腹《なか》に、
ジョナサン・リプルズが飛び乗った。
　プシュー！
　マーチンは、風船の空気がぬけるような音をたてて、
のびちゃった。
「おれのまねをするなって、いっただろ！

がりがりのやせっぽち野郎《やろう》！」

リプルズは、おしりの下のマーチンにむかって、いまいましそうにそういうと、ピーターをふりかえった。

「さあて、いっしょにアイスクリームでも食べにいこうぜ」

とまあ、こんな騒《さわ》ぎがおこるぐらい、ジェイクの居場所《いばしょ》は、町の人たちにとってのなぞだった。

でも、ぼくは知ってるんだなぁ。ジェイクが住んでいるのは、農場でも、お金持ちの家でもないって。

え？　だったら、どこなんだって？

教えなーい。

あ、でも、百円くれるなら、教えてあげてもいいけど。

高い？　じゃあ、五十円。まだ高い？　だったら、十円でいいよ。

なんだよ、たった十円だぞ！　それぐらい……。

……わかった、わかった。ただで教えるって。
ジェイクが住んでいたのは、森だよ。
トチノキっていう大木の下に、大きなねぐらを作っていてね、
そこに枯《か》れ葉《は》をいっぱいつめこんでいたから、
夜もあったかかな、すてきな住みかだった。
古いけど、ラジオも持っていたよ。
だれかが捨《す》てていったものだから、こわれてて、
ウンともスンともいわなかったけど、
犬はもともと放送は聞かないからね、それでも問題なしさ。

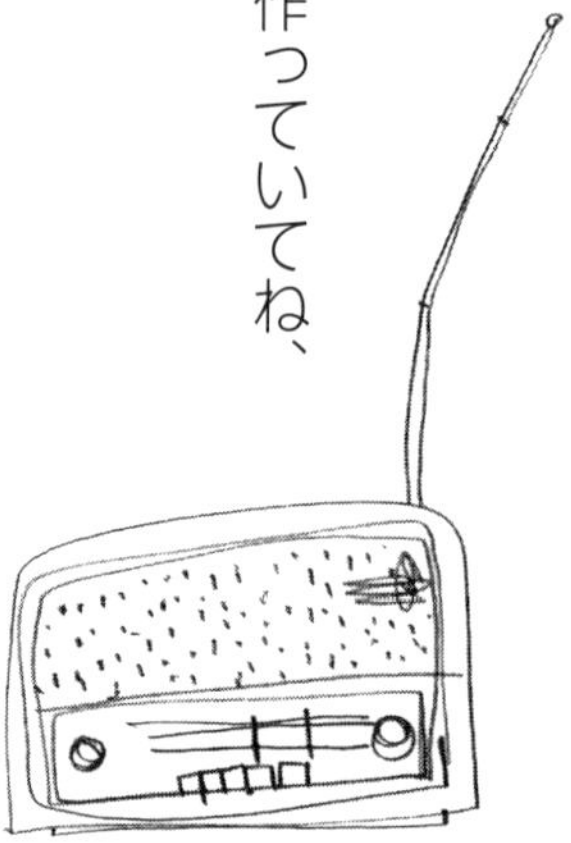

★

そんなわけで、ポリーが探《さが》していることも知らず、ジェイクは、のんびりとす

ごしていた。

カッコウといっしょに、カッコー、カッコーと歌ったり、ヒバリといっしょに遊んだり。で、昼ご飯を食べたあとは、いつものように、町へ出かけて、すてきな庭にもぐりこむことに決めた。

お腹《なか》もいっぱいだから、もう最高の気分でね。森の木々のあいだを、踊《おど》るように歩きながら、ほえたり、ゲップをしたり。つまり、こんな感じ。

ワンワ、ワンワ、ワン！　ゲプッ……。ワンワ、ワンワ、ワン！　ゲプッ……。

町に着くと、ジェイクは、楽しそうにきれいな庭を見てまわった。

グラニーおばあさんのところのしばふは、綿毛《わたげ》みたいにやわらかそうで、池には、なかよしのアヒルたちが遊んでいる。

むかしは有名なプロレスラーだった『怪力《かいりき》マービン』の庭は、すてきな石をならべて、プロレスのリングみたいな形をしている。

ビーニー・マクリーニーさんの庭は、背《せ》の高い花が、まるで塔《とう》みたいにそそりたって、それはみごとなものだった。

でも、ジェイクは、どの庭も素通《すどお》り。

めざす庭はただひとつ。

そう、ガムじいさんの庭。

ジェイクは、
ふわふわの毛を風にそよがせながら、
大通りを幸せそうに歩いていく。

そのすがたを、油でぎとぎとに汚《よご》れた窓《まど》にかくれて、
じいっと見つめている男がいた。

ビリー・ウィリアム三世。ガムじいさんに、くさった牛の心臓《しんぞう》を売った、肉屋のビリーだ。

「おもぐれぇことになってきたぞ……」

ビリーは、通りのむこうへ消えていくジェイクを、にたにた笑いながら、見

送った。

そうとも知らず、ジェイクは、ガムじいさんの家の前までやって来た。ゴミ屋敷《やしき》をとりかこむへいを見あげると、そこには、ナイフみたいにするどい割《わ》れガラスが、いっぱい埋《う》めこんである。

（これは、犬よけ、かな？）

ジェイクはそう思った（たぶん）。でも、ジェイクは、これぐらいでビビるような、ヤワな犬じゃない。ヤワといえば、やわらかいスクランブルエッグの作り方さえ、知らない犬なんだ。

ジェイクは、ささっとバックすると、もうぜんとダッシュ！　そしてジャンプ！

あっというまに、へいを飛びこえた。いや、「あっというま」というのは、うそかな。少しは時間がかかったから。でも、そんなに長い時間じゃない。

とにかく、みごとに庭に着地したジェイクは、はねあげた泥《どろ》と、ふみちらした花がシャワーみたいにふりそそぐなかで、おたけびをあげた。

それはもう、いままでだれひとり聞いたこともない、うれしそうなほえ方だったよ。こんなふうにね。

ワン！

ちなみに、ふだんのほえ方は、こんな感じだ。

ワン！

ね、ぜんぜんちがうだろ？

もちろん、そのちがいは、庭の動物たちにも、はっきりとわかった。それで、モグラの穴《あな》からモグラたちが、リスの穴《あな》からリスたちが、ネコ穴《あな》からネコたちが、飛び出してきた。ついでに、ガムじいさんの台所でも、トースターからトーストも飛び出したね。

ただ、残念ながら、ほかの動物たちとちがって、トーストはジェイクのそばにかけよることはできなかった。なぜって、その前に、ガムじいさんが、トーストをつかんで、ぱくっとかみついちゃったからね。

「いったい、なにごとだ？」

ガムじいさんは、くしゃっと顔をしかめた。でも、すぐに、その目はぎらりと輝《かがや》いた。

「そうか！　ヤツだな！」

口のなかのトーストを吐《は》きだしながら、ガムじいさんはさけんだ。

「まちがいない！　あの、ノミだらけの汚《きたな》らしい犬っころが来たんだ！」

ガムじいさんは、足音をたてないよう、つまさきだちで、そうっと窓《まど》べに近づくと、いじわるそうに目を細めて、

庭をのぞいた。すると……。

　思った通りだった。ジェイクは、カーペットみたいにきれいなしばふのうえで、自分のしっぽをおいかけて、走りまわっている。

　その楽しそうなすがたにつられたのか、青虫たちが、ばたばたとチョウチョに変わっていく。あんまり興奮《こうふん》しすぎて、ロバに変身する青虫までいるしまつだ。

　それからというもの、庭はすっかり大騒《おおさわ》ぎだ。モグラがキーキー鳴けば、チョウチョがほえたてる。木から飛びたった小鳥たちが、ピーチクパーチク。空高くのぼった太陽までが、うかれて、手品をひろうしている。

　そのようすを、ガムじいさんは、カーテンのうしろから、じっと見つめていた。

「もっとこっちへこいよ、犬っころめ」

　ガムじいさんは、低い声でうなった。

「もっとこっちだよ。ほら、うまそうな牛の心臓《しんぞう》があるぞ」

　次の瞬間《しゅんかん》。

ジェイクが、ほえるのをやめた。それから、鼻をひくひく。

そう、レモンシャーベット・ジュースのにおいに気がついたんだ。

町の人たちは、いつだって、ジェイクにやさしくしてくれて、おいしいものをたくさんくれる。だから、このときも、ジェイクは、ごちそうを用意してもらったんだと思いこんでいた。

ジェイクは、大喜びで、牛の心臓《しんぞう》に近づいていくと、あんぐりと口を開けた。

それを見たまわりの動物たちは、凍《こお》りついた。

「気をつけて、ジェイク！」

一匹《ぴき》のモグラが、そういうつもりで「キーッ」と鳴きかけた。でも、「キ」としか、鳴けなかった。

なぜって、そのときにはもう、ジェイクの大きな口が、がぶっと牛の心臓《しんぞう》にかみついていたから……。

ガムじいさんは、にんまり。

「ほうら、かむんだ、かむんだ、もっとかめ」

ハグ、ハグ、ハグ。

「飲みこめ、飲みこめ」

ゴックン、ゴックン。

「もうひとくち、もうひとくち」

ハグ、ハグ、ハグ。

ゴックン、ゴックン……。

ぴたっと、ジェイクの動きが止まった。

そして……。

クィーン……。

悲しげな声をあげたかと思うと、ころっとひっくりかえった。

ふわふわの毛におおわれたお腹《なか》をうえにむけて、ジェイクはぴくりとも動かない。

大きな灰色《はいいろ》の雲があらわれて、太陽をかくしたもんだから、あたりはうす暗ーくなってしまい、そして、ゴミ屋敷《やしき》のカーテンのうらでは……。

「ヒッヒッヒッ!」

ガムじいさんが、体をゆすって、笑っていた……。

第9章 ポリーとフライデー、町へ急ぐ！

そのころ、秘密《ひみつ》の小屋では、ポリーがフライデーに、ジェイクにせまる危険《きけん》について、まくしたてていた。

フライデーも、熱心に聞いていたね。ときどき、「ふーむ」とか「ああ、なるほど」っていってたし、話が終わると、心配そうな顔でじっとポリーを見つめたから。そして、フライデーは、なにもいわず、ひげをひねりながら、考えこんだ。

ひげをひねったのは、そうすれば名探偵《めいたんてい》みたいに見えるかもって、フライデーが思っただけなんだけど（それに、ひねるほど、長くはなかったんだけど）。

でも、ポリーは期待したよ。

(フライデーさん、きっといい考えを思いついてくれるはず！)

そして、長いこと考えたあげく、フライデーが、ついに口を開いた。

「ひとつ、教えてほしいんだがね、ポリー」

「なんですか？」

「これから、いっしょにテニスでもしないか？」

「テニスですって！」

ポリーの目はまんまるになった。

「ジェイクのことはどうするの！」

「あちゃー！　すっかりわすれていたよ！」

ぱちんと、おでこをたたいたフライデーは、

「こうはしてられない！」

とさけぶと、小屋にかけこんで、戸をぴしゃり！

で、五分後。

バーンと戸が開くと、テニスウェアに身をつつんだフライデーがあらわれた。

そして、にんまりしながら、ポリーにテニスラケットをさしだして、

「さあ、これを使ってくれ。サーブは、きみからでいいよ。なんてったって、きみはお客さまだからな」

「でも、フライデーさん……」

ポリーは、おこりそうになるのを、必死にこらえたんだから、えらいよね。

「いまやらなくちゃいけないのは、ジェイクを助けにいくことだって、あたし、百万回いったと思うんですけど」

「あちゃあ、そうだった！」

フライデーは、また、ぱちんと、おでこをたたいた。

「すまん、すまん。では、さっそく出発だ！」

テニスラケットを放り出したフライデー、こんどは、オートバイに飛び乗った。

サイドカーっていって、横にもうひとり乗る車をつけた、かっこいいやつだ。

で、フライデーは、エンジンをかけると、ブンブン音をたてながら、猛《もう》スピードで走り出したんだけど、そのいきおいときたら、まるで悪魔《あくま》みたいだったね。

あ、でも、悪い悪魔《あくま》じゃなくて、いい悪魔《あくま》ね。だけど、その背中《せなか》にむかって、ポリーはさけんだ。

「ちょっと待って！　なにかわすれてるんじゃない!?」

「あちゃあ、そうだった！」

フライデーは、またまた、ぱちんとおでこをたたくと、猛《もう》スピードでもどってきた。そして、ポリーをサイドカーに乗せた。さらに、ポリーが、ヘルメットをかぶり、シートベルトもきちんとしめたのをたしかめると、

「しっかりつかまってろよ！　レモンパイを信じろ！」

ブォーンと、エンジンをうならせて、町へむかった。

二人を乗せたオートバイは、丘《おか》をこえ、湖をまわり、川をわたり、牧場をぬけ、スコットランドへむかい……。

「あちゃあ、スコットランドは逆方向《ぎゃくほうこう》だった！」

フライデーは、逆《ぎゃく》もどりした。

「ところで、ポリー！」

うなりをあげるエンジンに負けないよう、フライデーは声をはりあげた。

「前に、ジェイクに命を助けられたって、いってたけど、ありゃあ、どういうことだ！」

それを聞いて、ポリーはびっくり。だって、その話、フライデーにしたことはなかったはずだからね。

「どうして、知ってるの！」

「この本で読んだことがあるんだ！」

フライデーはさけびながら、本を一冊《さつ》、ひっぱりだした。

『ガムじいさん、あんたサイアクだよ！』

そう、いま、みんなが読んでるこの本だ。

「第5章を見てごらん！　そう書いてあるから！」

本を手にした瞬間《しゅんかん》、ポリーは飛びあがりそうになった。なぜって、すごく、いいことを思いついたから。

「本になってるってことは、ジェイクが、このあとどうなるかも書いてあるはずよ！」

ところが……。

「未来のことを知ろうとするだなんて、お嬢《じょう》ちゃん、そいつぁ、ばかもんが考えることった！」

「そんなこといわないで、おねがい！　先が読みたいの！　どうしても読みたいのよ！」

ポリーがあんまりせがむもんだから、さすがのフライデーもオートバイを止めた。

「わかったよ」

そういって開いたのが、いま、みんなが読んでいるこのページだ。

「えーっと、なんて書いてあるんだ？『そいつぁ、ばかもんが考えることった！』か……」

そのあいだに、ポリーは、さっと、ページをめくってみた。

そのとき、ポリーは、いままでの人生で最高に不思議な気分になった。だって、いま自分がしていることが、そのまんま、本に書いてあるんだから。

ちなみに、ポリーの気分をわかりやすく説明すると……。

お米がつまったプールに飛びこんだら、なかはまっくら。なのに、鏡みたいに自分のすがたが映《うつ》っていて、そして、それは、他人の夢《ゆめ》のなかにもぐりこんだような気分で……。

え？　わけがわからない？　うーん、言葉で説明するのはむずかしいな。

あ、ちょっと待った。フライデーが、本のうしろのページを開いてるよ！

信じられないな。ポリーには、未来を知るのはばかもんが考えることだっていってたくせに！

でも、いったいなんて書いてあるんだろうね？

「おやおや、ページはまっしろだ」

フライデーはなにも書いてないページを、ポリーに見せた。

「未来のことは、まだ書かれていない」

そういうと、フライデーは、オートバイのエンジンをかけなおした。

「つまり、おれたちが知るには、早すぎるってことだな」

そうしたら、すかさずポリーはこういったね。

「そいつぁ、ばかもんが考えるこった！」

「こら！　おれのセリフをぬすむんじゃない！」

フライデーは、エンジンの音に負けじと、声をはりあげた。

「それより、話をもどそうじゃないか。

ポリー、ジェイクに命を助けられたって、いったいどういうことなんだい？」

「そんなに珍《めずら》しいことじゃないの」

猛《もう》スピードで走るサイドカーのなかで、
ポリーは肩《かた》をすくめた。

「火を吹《ふ》くムカデに襲《おそ》われたところを、
助けてくれたの」

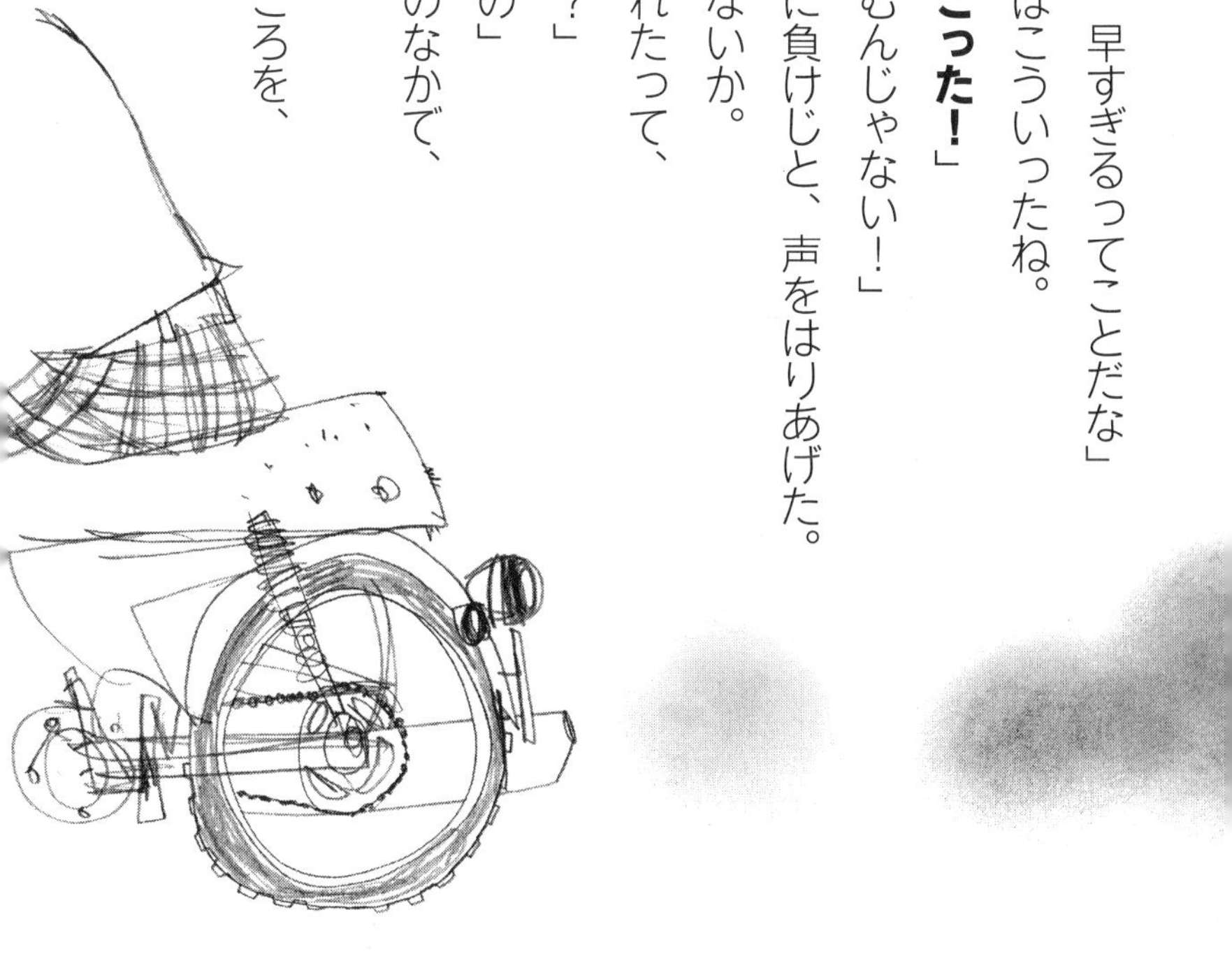

そんなこんなで、
ポリーとフライデーは、
ようやく町に着いた。
　ところが、
オートバイは、
ものすごい音をたてて、
大通りを走ったもんだから、
肉屋のビリー・ウィリアム三世は、
すぐに二人に気がついた。

「フライデーはいいやつ。ってことは、おれの敵《てき》！」

ビリーは店を飛び出すと、オートバイにむかって、
生のハンバーグ（もちろんくさってる！）を、
次から次へと、投げつけはじめた。

フライデーも負けちゃいない。

雨みたいにふりそそぐくさった生のハンバーグを、
プロのレーサーみたいに、ひらりひらりと、
かわしていく。でも……。

「ふん、肉屋のダーツをあまく見るなよ！」

ビリーは、大きなバケツをひっぱり出した。

「これでもくらえ！」

フライデーの行く手にまきちらしたのは、
バケツ一杯分《ぱいぶん》もの牛の胃袋《いぶくろ》（もちろんくさってる！）だ。

「胃袋攻撃《いぶくろこうげき》だ！　しっかりつかまれ、ポリー！」

フライデーは、必死のハンドルさばきで、オートバイをコントロール。でも、ときすでにおそし！

ぬるぬるした牛の胃袋《いぶくろ》に乗りあげたオートバイは、スピン！

たまらず、ポリーとフライデーの体は、道路のうえに放り出されちゃった。

「ギヒヒヒヒ！」

ぐったりとする二人にむかって、肉屋のビリーが近づいてきた。こんどは、牛の腎臓《じんぞう》（もちろんくさってる！）をにぎってる。

「……ああ、もうだめだ」

フライデーは悲しそうにうめいた。と、そのとき！

ゴロゴロゴロ。

道のむこうから、なにかがころがってくるような音がした。

はっと顔をあげると、なんとそれは、大きなあめ玉！

「大きな」っていっても、口がいっぱいになるくらいとか、そんなレベルじゃないよ。

大砲《たいほう》の弾《たま》と同じサイズ！

しかも、ひとつじゃない。二個《こ》、三個《こ》、四個《こ》……。もう数えきれないぐらい、たくさん！

さらに、だ。あめ玉がむかっていくのは、肉屋のビリーだった！

ゴロゴロゴロ。ゴロゴロゴロ。ゴロゴロゴロ……。

いったい、だれが、こんなことをしていると思う？

お菓子《かし》の店『マダム・ラブリーのお菓子《かし》の国』のラブリーさんだよ。

ラブリーさんは、巨大《きょだい》なあめ玉を、次から次へと、完ぺきな正確《せいかく》さで、ビリーめがけて、ころがしていく。これには、さすがのビリーも悲鳴をあげたね。

「**オウ、ノー‼**」

ビリーは思わず、手にしていた牛の腎臓《じんぞう》を、ラブリーさんに投げつけた。

でも、あわてふためいていたから、牛の腎臓《じんぞう》は、とんでもない方向へ飛んでいくと、木の枝《えだ》にひっかかっちゃった。

一方、ラブリーさんはというと。

♪フン、フン、フーン、ラン、ラン、ラーン

鼻歌を歌いながら、大砲《たいほう》の弾《たま》サイズのあめ玉を、ころがし続けている。それも、赤や黄色、ブルーにピンク、あざやかな色のあめ玉ばかりね。おかげで、道は、

みるみる、あめ玉でうまっていく。

ビリーも、はじめのうちこそ、ラグビーの選手みたいに、あめ玉攻撃《こうげき》をかわしていたけど、こんなにもたくさんだと、もうどうしようもない。

とうとう、走って逃《に》げ出《だ》しちゃったんだ。

「なんてすばらしい女性《じょせい》なんだ！」

うっとりするフライデーに、ポリーがさけんだ。

「ジェイクを助けにいきましょ！　ラブリーさんが助けてくれているうちに早く！」

サイドカーに飛び乗るポリーを見て、フライデーも、あわててオートバイにまたがった。そして、ぶるんっとエンジンをかけると、猛《もう》スピードで走り出した。

「いやあ、うまくいったな！」

フライデーは、ニカニカ笑いながら、さけんだ。

「すべては、おれがかけておいた魔法《まほう》のおかげなんだ。絶体絶命《ぜったいぜつめい》ってところで、ラブリーさんが助けに来てくれる。はじめからそういう計画だったんだよ！」

もちろん、みんなは、そんなこと信じてないよね。実はフライデーもさ。でも、こういえば、ポリーも元気が出ると思ったんだ（それに、もしかしたら、なにも知らない人が信じて、感心してくれるかもしれないしね）。

とにかく、そのあとは、二人ともなにもいわず道を進んでいった。

そして、ついに到着《とうちゃく》した。

高く、まっしろなへいにかこまれた、ガムじいさんの庭の前に。

第10章

死なないで、ジェイク……

そそりたつ、高いへい……。

でも、ポリーとフライデーには、そんなもの、なんでもなかった。

どうしたのかって？　こうしたのさ。

ブーッ！

二人は、おならをした。そのとたん、二人は、オートバイごと、ぴゅーっと、へいを飛びこえた。それはもう、鳥みたいに、かるがると空を飛んだださ。

「むむっ！　また、やっかい者が！」

うなったのは、ガムじいさん。フライパンを手にした妖精《ようせい》が、はえみたいに飛びまわるのをかわしながら、庭にそびえるカシの木をにらみつけていたら、そこへ、とつぜんオートバイが、キキッーっと急ブレーキで止まったというわけ。

ポリーは、サイドカーから飛びおりると、ジェイクにかけよった。

ひっくりかえったジェイクのまわりには、動物の友だちがたくさん、集まっていた。

モグラは悲しそうに首をふり、リスはチョウチョのうえで鼻をすすっている。ネコまでが、いまにも泣き出しそうな顔をしていた。ネコは犬がだいきらいだけど、ジェイクだけは別だったからね。

「ああ、ジェイク……」

ポリーも、胸《むね》がいっぱいになった。

いつも元気で走りまわっていたのに、いまは、赤ちゃんより弱々しく見える。金色に輝《かがや》いていた毛は、すっかり色あせ、白目をむいてひっくりかえってる。

「死なないで、ジェイク。お願いだから……」

ポリーは、すすり泣きながら、ジェイクの体をだきしめた。

「あなたは、死ぬにはいい犬すぎるし、それにデブすぎるわ！」

でも、ジェイクがあげたのは、「フー……」っていう、すきま風みたいな声だけ。

「ああ、あのいじわるなお肉屋さんのじゃまがなかったら、こうなる前に助けられたのに……」

「『なかったら』だって？　いま、そういったのかい、お嬢《じょう》ちゃん？」

フライデーが、まゆをひそめた。

「そいつは、ばかもんが考えるこった！　『もし、××がなかったら、××だったのに』なんてことは、ばかもんが考えるこった！」

そのとき、ポリーは、こう思ったね。

(フライデーさんって、ヒーローはヒーローでも、サイテーのヒーローかも)

でも、いま、ポリーは、そんなことを気にしている場合じゃなかった。

「ああ、いったいどうしたら、ジェイクを助けられるの！」

わんわん泣くポリーに、フライデーは、人さし指で鼻の頭をとんとんとたたいて、こういった。

「静かに待っていればいい。それですべて解決《かいけつ》するさ」

まるで〈なんでもお見通しさ〉みたいなセリフだけど、ほんとうをいうと、フライデーにも、どうしたらいいのかわからなかった。

悪いことに、そこへガムじいさんが、かけつけてきた。うしろからは、あの悪い妖精《ようせい》もくっついてくる。

「あきらめるんだな、オレアリー!」

ガムじいさんの声ときたら、世界一ワルのカモメみたいなガラガラ声だったね。

「あの犬っころには、二度と悪さができないようにしてやったんだ!」

「そんなことないわ!　きっと助かる方法があるはずよ!」

ポリーも、負けじといいかえしたけど。

「そいつはどうかな、いまいましいお嬢《じょう》ちゃんよ。こいつを見ろ」

ガムじいさんは、自分のシャツの胸《むね》を指さした。そこには、おどろおどろしい、まっかな字で、こう書いてあった。

犬の殺し屋　毒殺部門のチャンピオン

「ばっかばかしい！」

ポリーは、鼻で笑った。

「それ、自分で書いたんでしょ。それも、ケチャップで」

ガムじいさんは、だまりこんだ。

だって、ポリーのいうとおりだったから。

で、そのあいだ、フライデーは、ジェイクのようすを調べてた。

「ふーむ……」

ほんとは犬がこわかったんだけどね。

でも、ほんものの獣医《じゅうい》さんが診察《しんさつ》してるように見えたよ。と思ったら、名探偵《めいたんてい》みたいなひげを、ピカーンと光らせながら、立ちあがると、ガムじいさんをふりかえって。

「教えてくれないか、ガミーちゃん」

フライデーは、こんども名探偵《めいたんてい》きどりで、ひげをくいっとひねった（ひねるほど、長くはなかったんだけど）。

「ほんとは、このでっかい犬を元気にする方法が、ひとつだけあるんだろ？」

「とぼけるんじゃない。ほんとは、おまえだって、知ってるくせに！」

ガムじいさんは、くくっと、笑った。

「この犬っころを元気にできるたったひとつの方法は、『遠いむかしに別れた兄弟と、思いがけずまた会えたときに流す、うれし涙《なみだ》』さ。だけど、そんなもん、すぐに見つかるわけはねえ。つまり、犬っころは、このまま一巻《いっかん》の終わりってわけだ、ヒッヒッヒッ！」

「なるほど、なるほど」

フライデーは、また名探偵《めいたんてい》きどりで、人さし指をおおげさにふってみせた。

「『遠いむかしに別れた兄弟と、思いがけずまた会えたときに流す、うれし涙《なみだ》』か。ところで、ガムじいさんよ。そういうあんたこそが、遠いむかしにおれと別れた兄弟だってこと、知ってるか？」

これを聞いたガムじいさん、あぜん、ぼうぜん。

「そんなバカな……。うそはやめろ……」

「うそじゃない。おれは、いま、その証拠《しょうこ》の写真を持ってるんだ。おれたちがまだ子どものころ、いっしょにとった写真をね」

なにもいえなくなったガムじいさんをよそに、フライデーは続けた。

「そのあと、大きくなるにつれて、おれはいいヤツになり、一方、おまえは悪いヤツになっていった。そして、いまはどうだ？　妖精《ようせい》にフライパンでなぐられるのがこわくて、こんなかわいい犬に毒を食わせるような、ひきょう者になっちまった。しかーし！」

フライデーは、またまた名探偵《めいたんてい》きどりで、ガムじいさんに指をつきつけた。

「おれが遠いむかしに別れた兄弟だとわかったいま、熱いものがこみあげ、胸《むね》には愛と感動がうずまき、涙《なみだ》があふれようとしているはずだ。その涙《なみだ》こそ、このかわいそうなジェイクの命を助けることになる！　レモンパイを信じろ！」

勝《か》ち誇《ほこ》ったようにさけんだフライデーは、ガムじいさんの手に、くしゃくしゃになった古い写真をおしつけた。そこに、小さな男の子が二人、写っていた。

「こっちがおれ。となりの子がガミー、おまえだ！　これでもうわかったろう！　さあ、涙《なみだ》を流せ！」

なんとも感動的な話に、動物たちは、ほうっとためいきをついたね。そして、ポリーは、うれしそうに手をたたいた。ところが……。

「これは、おれじゃないね」

写真をにらんでいたガムじいさんは、あっさりと、そういった。

「おれたちが、遠いむかしに別れた兄弟なわけないだろ、このマヌケ！」

「うっ……」

言葉につまったフライデーが、おずおずと、ポリーをふりかえった。名探偵《めいたんてい》きどりのひげが、悲しそうにだらんとたれさがってる（フライデーがそう感じただけで、ほんとは、たれさがるほど、長くはなかったんだけど）。

「お嬢《じょう》ちゃん、すまん……。ベストはつくしたんだけど……」

そのとたん、あたりが、しーんとなっちゃった。

小鳥はさえずるのをやめたし、風もやんだ。一瞬《いっしゅん》だけど、あのうるさい妖精《ようせい》までが、だまりこんだくらいだ。

聞こえるのは、ジェイクの、いまにも止まりそうな、かよわい息の音だけ。

「さようなら、ジェイク。あなたは、ほんとうにいいワンちゃんだったわ……」

ポリーは、ジェイクのふわふわの毛に、顔をうずめた。

と、そのとき、ポリーは、だれかに肩《かた》をたたかれたような気がしたんだ。ふりかえると、それは男の子。それも、いままで会ったこともない子だ。

(でも、ふしぎ。なんだか、ずっとむかしから知ってるような気がするわ……)

そうなんだ。その子は、なんていうか、ポリーをほっとさせるような、暖《あたた》かい空気をただよわせていたんだよ。

「ああっ！　おまえは、あの、いまいましいお菓子屋《かしや》にいたヤツだな！」

大声をあげたのは、ガムじいさんだった。

「いったいどうやって、ここへ来たんだ！」

ところが、男の子は、なんともおだやかで美しい表情《ひょうじょう》で、こういった。

「むかしにもどろうよ、ガムじいさん」

ガムじいさんは、まるで幽霊《ゆうれい》に出会ったみたいにあとずさり、声をふるわせた。

「き、気に入らねえ……。どこからともなく、とつぜんあらわれて、『むかしにもどろうよ』だなんて、まったく気に入らねえヤツだ！」

でも、男の子の顔から、ほほえみが消えることはなかった。

「あのころのきみは、どこへいったんだい？　さあ、もどろうよ。むかしの、いい子だったころに。まだまにあうさ。もどろうよ、ガムじいさん！」

そういって、にゅっとつきだした手には、フルーツ味のガムがのっていた。

それ以上、ガムじいさんは、耐《た》えられなかった。

「か、かんべんしてくれー！」

悲鳴をあげながら、ガムじいさんは逃《に》げ出《だ》した。

庭をかけぬけ、
へいをとびこえ、
町の大通りを、
どこまでもどこまでも、
走り続けた。
なぜって、どこまで逃《に》げても、頭のなかで、
『むかしにもどろうよ、ガムじいさん』っていう、
男の子の声が追いかけてくるような気がしたから。
「さて、お嬢《じょう》ちゃん」
庭では、男の子が、ポリーをふりかえっていった。どうみてもポリーより年うえには見えない男の子が、『お嬢《じょう》ちゃん』だなんて、おかしいんだけどね。
「よく聞いてほしい。ガムじいさんの屋敷《やしき》の玄関《げんかん》に、船乗りのものだった古い木箱があるから、開けてごらん。なかには『魔法《まほう》の力があるチョコレート』がぎっしりとつ

まってるはずだから」

急に字が小さくなったのは、そこだけ、男の子がひそひそ声になったからさ。

「それを、できるだけたくさん持ってきてほしい。ぐずぐずしないで、いますぐ！」

そのときにはもう、ポリーは走り出していた。

玄関《げんかん》に行ってみると、たしかに古い木箱があった。ゴミ屋敷《やしき》のなかで、その箱だけ、おそろしくきれいで、まさに希望のしるしだって、自分でいってるかのように輝《かがや》いていた。

ポリーは、いきおいよく、ふたを開けた。そして、なかをのぞきこむと……。

空っぽ。

箱のなかには、なにもなかった……。

第11章 それからどうなった？

どうして、なにもなかったのか？

時間がたちすぎたんだ。つまりだ、長いあいだに、チョコレートはみんな溶《と》けて、蒸発《じょうはつ》しちゃったってわけ。

ま、もしかしたら、船乗りたちが、すっかり食べちゃったのかもしれないけど。

さて、それでポリーはどうしたか？

ふつうの女の子なら、ここで、がっくりとひざをついたまま、立ち直れないだろうね。

でも、われらがポリーはちがう。根性《こんじょう》がちがうんだ。

ポリーは、すぐに木箱によじのぼると、頭からなかに飛びこんだんだ。

見ためとちがって、木箱のなかは、ものすごく広かった。そして、海のにおいがした。

ポリーは、必死になって、箱の底になにか残っていないか、探《さが》した。

暗くてなにも見えないから、こわくなって泣いちゃったし、そのうち、自分がなにをしているのかもわすれそうになったし、それに、あの男の子に『ぐずぐずしないで』っていわれたのに、いまの自分はぐずぐずしているんだと思うと、悲しくなった。

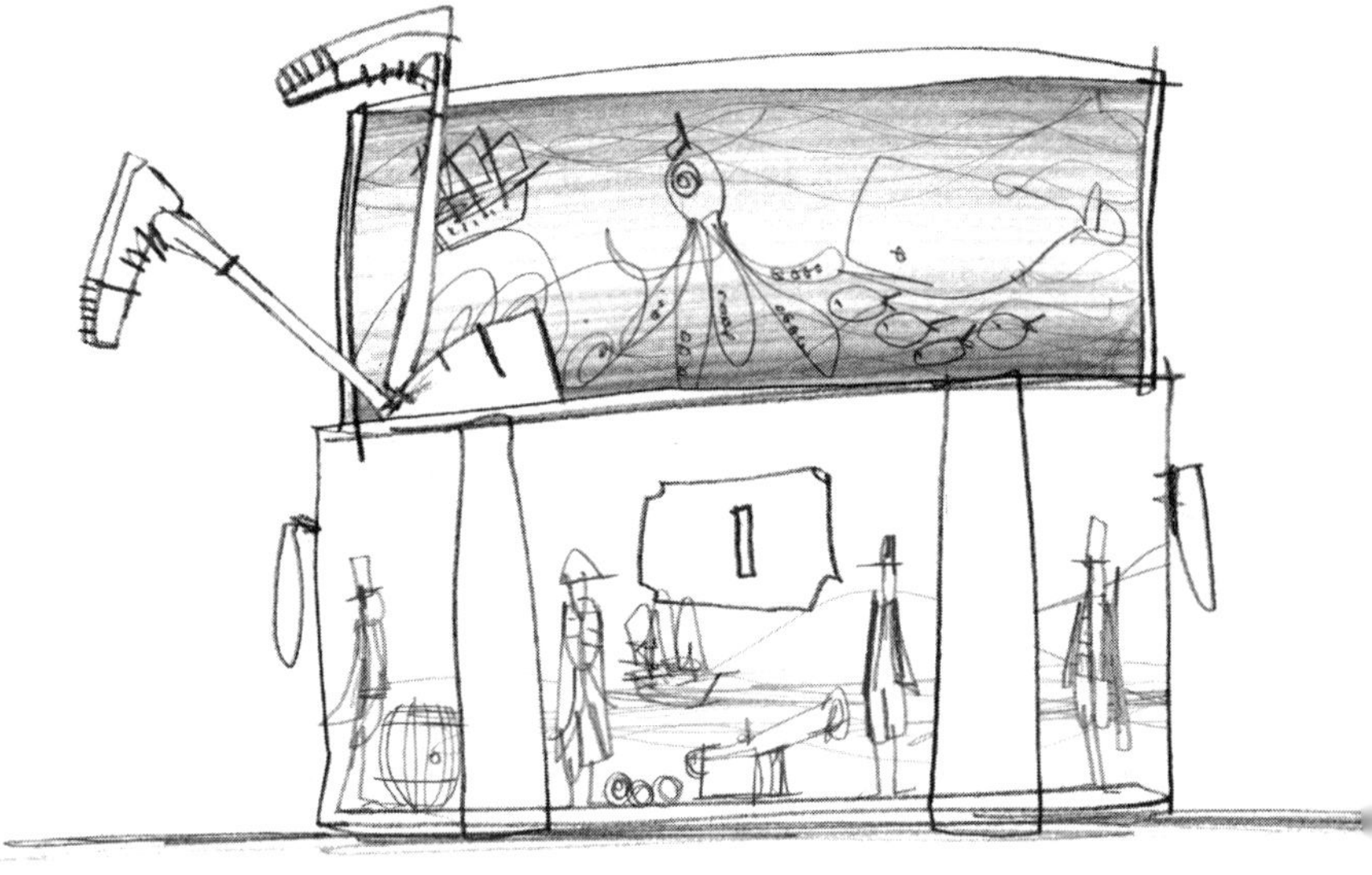

「でも、そんなの関係ない！」

ポリーは、半分べそをかきながら、声をあげた。

「ここにジェイクの命を助けられるものがあるんなら、見つかるまで、いくらでもぐずぐずしてやるわ！　それに……」

ポリーの手が、なにかにふれた。

箱のずっと奥《おく》に、なにかとっても小さいものがある。

ポリーは、それをつまむと、箱の外の明るいところへ、ゆっくりと運んだ。

そのあいだ、心臓《しんぞう》がばくばくしていた。もし、その心臓《しんぞう》を、風船をふくらませるポンプの代わりにしてたら、風船はみんな爆発《ばくはつ》しちゃうぐらい、はげしく！

明るいところで手を出すと、ポリーは手を開いた。

手のひらのうえに、たったひとつ、小さな小さなチョコレートがのっていた。

そして、それは、イルカの形をしていた。

みんな、おぼえてる？　イルカのチョコレートだよ。

そう。ずっとむかしの、ある火曜日。ナサニエル・サーネイムが、海賊《かいぞく》を退治《たいじ》したお礼にもらったという、お宝《たから》のチョコレートさ！

一瞬《いっしゅん》、ポリーには、チョコレートが自分にむかってウィンクしたように思えたんだけど、それはまあ、光のいたずらだろうね。いくらお宝《たから》だからって、チョコを作った人がそんな魔法《まほう》をかけられるわけがないもの。

「あなたが、最後の希望なの……」

イルカのチョコレートにむかって、話しかけた。

「だから、お願い。ジェイクを助けて」

それから、ポリーは、大急ぎで玄関《がんかん》を飛び出した。

★

「よくやった、お嬢《じょう》ちゃん」

もどってきたポリーにむかって、小さな男の子は、そういった。

「それじゃあ、試してみよう。伝説がほんとうか、どうか」

ポリーは、手をふるわせながら、ジェイクの口を開いた。そして、大きな舌《した》のうえに、イルカのチョコレートをそうっと置いたとたん……。

なんと！　チョコレートが、ほんもののイルカに変わったんだよ！

そりゃ、大きさはかなりのミニサイズだけどね。でも、つやつやとしたシルバーブルーの体はまぎれもなく、ほんもののイルカさ。

でも、びっくりするのはまだ早い。ミニサイズのイルカは、しっぽを力強くたたいたんだ。そうしたら。

ピュー！

笛みたいな音をたてて、のどの奥《おく》へと、するりと消えた！

一瞬《いっしゅん》、なにが起こったのか、だれにもわからなかった。

そりゃそうだ、一瞬《いっしゅん》のあいだは、なにも起こらなかったんだから。でも、しばらくすると……。
「見て！　ジェイクが目をパチパチさせてる！」
ポリーがさけぶと、こんどは、
ワン。
小さな声で、ひとほえ。
それで気分をよくしたのか、ジェイクは、また、
ワン。
こんどのは、最初より、ずっと大きくて、力強い。
このひとほえで、ジェイクは悪夢《あくむ》のようなできごとを吹《ふ》き飛《と》ばしたらしい。
パフンッ。
まず、フライパンをふりまわしていた悪い妖精《ようせい》が、おかしな音をたてて消えた。
あとには、ベーコンエッグみたいなにおいがただようだけ。
それから、灰色《はいいろ》の雲のうしろから、太陽があらわれて、また手品をはじめた。

モグラも穴《あな》から飛び出して、
うれしそうにキーキー鳴き出すし、
チョウチョは勝利の興奮《こうふん》で、
空にむかってパンチをくりだすしまつ。
そんななか、がばっと立ちあがったジェイクは、
庭中、スキップしながら、踊《おど》りだした。
どうやら、どんなに元気になったか、
みんなに教えたいみたい。
そして、最後にポリーにかけよると、
大きな舌《した》で、ペロペロと顔をなめまわした。
あんまり、激《はげ》しくなめたもんだから、
ポリーのほうが、うぉーっと、
うれしそうなおたけびをあげた。

まるで、満月にむかってほえるオオカミ男みたいな声だったね。

「すごいな、きみは！」

フライデーは、くるりと、小さな男の子をふりかえった。

「とても、ただ者とは思えないが、いったいきみはだれなんだい？」

「ぼくは虹《にじ》の精《せい》だよ」

男の子は、あっけらかんと、そういった。

「ぼくの仕事はね、世界を幸せ色で輝《かがや》かせることなんだ。みんないっしょに、平和にくらせるように……」

そういいかけたところで、となりの庭から、女の人の声が飛んできた。

「まあ、虹《にじ》の精《せい》ですって？　すてき！　ぜひ、うちにお茶にいらして！」

ところが、男の子はきゅっと肩《かた》をすくめて。

「ごめんなさい、ぼく、すぐにおうちに帰らなくちゃ。だって、お茶の時間におくれると、ママに殺されちゃうもの」

そういって、虹《にじ》の精《せい》は、あたふたと走り出した……。

★

そういうわけで、あとはお祭り騒《さわ》ぎさ。

フライデーとポリーが、ジェイクの大きな背中《せなか》にまたがって、町へと行進すれば、動物たちはみんな、そのまわりを踊《おど》りまわる。興奮《こうふん》しすぎたリスがゲロをはけば、それを見て、みんな大笑いだ。

そのうち、フライデーが、鼻の右の穴《あな》にフルートを、左の穴《あな》にはトランペットをあてて、みごとな演奏《えんそう》をはじめた。

そうしたら、町中の人々が飛び出してきて、音楽にあわせて手拍子《てびょうし》をしたり、旗をふったり、ごちそうを食べたり（ただし、町中のごちそうは、あのデブのジョナサン・リプルズが、ひとりでたいらげちゃったんだけどね。おかげで、ジョナサンは、次の日ずっとベッドですごすはめになった）。

こんなふうだから、パレードの列はどんどん長くなっていく。

パレードが目指すは『マダム・ラブリーのお菓子《かし》の国』。だって、ラブリーさんは、ポリーとフライデーのために、肉屋のビリーと戦ってくれたわけだから。

ところが、パレードが町の広場にさしかかったところで、ラブリーさんのほうから、お祝いにかけつけてくれた。

ラブリーさんのうでには、生のニワトリのレバーがぶらさがっていたけど、それこそ、あのいじわるなビリー・ウィリアム三世と勇かんに戦って、ついに勝利した証《あかし》だ。

そんなラブリーさんのすがたに、フライデーの背中《せなか》を、ビビビッと電気が走った。ついでに、目も、きらんと輝《かがや》いた。

それから、がばっと地面に右ひざをつくと、左ひざもついた。三番目のひざもついた。って、それは、だれの目にも見えなかったみたいだけど。

「ラブリーさん!!」

ラブリーさんの前にひざまずいたフライデーは、メガホンをとりだすと、その場の全員&全動物に聞こえるようにさけんだ。

「あなたは、ほんとうにすばらしい女性《じょせい》です!! ぼくと結婚《けっこん》してくれませんか!!」

その瞬間《しゅんかん》、全員&全動物が、はっと息をのんだ。

ドゥルドゥルドゥルドゥルドゥルドゥルドゥル!

あ、これは、モグラがたたくドラムの音ね。ほら、コンテストとかで、「さあ、結果発表です!」って司会者がさけぶと、ドラムの音がするでしょ? あれだよ。

ドゥルドゥルドゥルドゥルドゥルドゥルドゥル!

「ええ、いいわよ」

ラブリーさんは、
さらりといった。
「だって、この週末は、
特にすることも
なかったんですもの」
「やったー！」
「おめでとう！」
「ヒュー、ヒュー！」

大歓声《だいかんせい》があがった。

チョウチョは紙吹雪《かみふぶき》みたいに宙《ちゅう》を舞《ま》い、ジェイクは、お祝い代わりに、ひときわ大きな声で、ワンワンほえた。

（ほんとは、ジェイクは、たまたま見つけた木の枝《えだ》にむかってほえただけなんだけどね。だって犬だもの。人間の結婚《けっこん》がおめでたいかどうかなんて、わからないでしょ？）

「いやあ、みんな、どうも、どうも」

フライデーは、照れくさそうに、両手をふると。

「それじゃあ、みんなでお祝いのパーティといきますか！」

「あ、ちょっと待って。その前に……」

ポリーがフライデーをさえぎった。

「ガムじいさんは、いったいどこで、なにしてるんだろ？」

「あてずっぽうだけど、肉屋のビリーと飲んだくれてるんじゃないかな？」

でも、フライデーのいうとおりだった。ガムじいさんと、ビリー・ウィリアム三世は、二人で、ビールを浴びるように飲んで、べろべろになってたんだよ。世界中の幸せな人々＆全動物を、憎《にく》みながらね。

「だけど、いつか、ここへもどってくるんじゃない？　どう思う？」

ポリーが心配そうに首をかしげた。けれど、フライデーは、こくっと首をかしげただけだった。そして、こういった。

「未来のことなんて、だれにわかるっていうんだい、お嬢《じょう》さん、そいつは……」

「**ばかもんが考えるこった！**」

お得意のせりふをラブリーさんにとられちゃったけど、もちろん、フライデーは怒《おこ》ったりはしなかったよ。だって、フライデーは、ラブリーさんにメロメロだったし、大切な大切な結婚《けっこん》相手なんだからね。

★

こうして、町には平和がもどり、人々はおだやかな毎日を送れるようになった。結婚《けっこん》したフライデーとラブリーさんは、日曜日、ポリーを焼き肉パーティに招《しょう》待《たい》してくれた（ついでに、フライデーは『皮肉パーティ』も開いてくれた。フライデーはふだん、とってもひまなので、楽しい皮肉をたくさん考えつくんだけど、だれも耳をかたむけてくれないんで、ポリーに聞かせるほかなかったんだ）。

一方、ガムじいさんとビリー・ウィリアム三世は、長い間、すがたを見せなかった。

そして、マーチン・ランドリーは、ジョナサン・リプルズに

「デブ」っていったことを
あやまり、
ジェイクは、その年の夏中、
あちこちの庭で、
のびのびと遊んだ。
　そして、
事件《じけん》らしいことは
なにも起こらないまま、
毎日、太陽は、
きちんと山のむこうに
沈《しず》んだんだそうだ。
　めでたし、めでたし。

えーっと、みんなが、いま考えてることは、ちゃーんとわかってるつもりだ。

つまり、こういうことだろ？

たしかに、物語は終わったけど、でも、最後に『おまけの話』があるんじゃないの？

ざんねんでした。たしかにまだ、ページは残ってるけど、そこはただの「余《よ》白《はく》」、つまり、なんにも書いてない白いページさ。

そう、『おまけの話』なんて、ないんだよ。

だから、ここでおとなしく本をとじたほうがいい。もう終わりなんだから。

それより、お母さんのところへいって、ビスケットでも、もらっといで。

ストップ！　いっただろ？
『おまけの話』はないんだ。
探《さが》してもむだだって。

ほら、見ただろ？　なんにも書いてないよね？
ほんとにおしまいなんだってば。

♪このあとのページはまっしろだ～
まっしろだ～、まっしろだ～
このあとのページは、まっしろだ～
なんにも、書いてな～い
ラーラララーラ　ラッラララ～

おいおい、まだ、そこにいるのかい?
あのさ、もう二度といわないから、しっかり聞いてくれる?
『おまけの話』はないの。
ここで終わりなの。

おしまい。
ゲームオーバー。
家に帰ろう。
バイバイ。

おまけの話!!!

フライデー・オレアリー、宇宙《うちゅう》を語る！

ある日、ポリーとフライデーは、川のほとりを散歩していた。

それはそれは、すばらしい午後だった。

川には、あふれんばかりの清らかな水が流れ、空には太陽がきらきら輝《かがや》き、じゃまくさい蚊《か》の群《む》れはなく、そのうえ、その日は学校もなかった（なぜかはわからない。たぶん、火事で学校がなくなったのか、それとも土曜で授業がなかったのかどちらかだと思う）。

「ねえ、フライデー……」

ポリーは、つぶやくように、たずねた。

「あたし、宇宙《うちゅう》のことを知りたいの。宇宙《うちゅう》っていったいなんなのか、どうなっていて、どんなところなのか、興味《きょうみ》があるの。教えてくれない？」

「よくぞ聞いてくれた！」

フライデーはうれしそうです。

「なんでも知っているわたしだが、宇宙《うちゅう》については特にくわしいんだよ。なにしろ、宇宙《うちゅう》をテーマにしたクイズ大会で、チャンピオンに輝《かがや》いたぐらいだからね。ただ、そんなわたしの授業《じゅぎょう》には、それにふさわしい場所というものがある。そこへ行こうじゃないか」

ポリーが連れていかれたのは、町のはずれの牧場だった。

そこにはえたリンゴの木の下に、ならんで腰《こし》をおろすと、フライデーはさっそく、ものしりぶりを発揮《はっき》しはじめた。

「何百万年も前の、そのまた何百万年も前。まだ、きみのおじさんが生まれる前のことだけど、宇宙《うちゅう》のまんなかに、小さなチーズのかけらが浮《う》かんでいた。そして、とつぜん、大爆発《だいばくはつ》が起こった。これが『ビッグバン』だ。わかりやすくいえば、あらゆるものが、四方八方に飛びちって、大混《だいこん》乱《らん》になったってことだ。バーゲンセールに集まってきたおばさんたちみたいにね」

「それで？」

「最初の一分か二分は、そこらじゅうがチーズくさかった。それから、地球があらわれた。化学薬品の力でね。そして海には生きものが育ちはじめた」

「どんな生きもの？」

「体は灰色《はいいろ》で、歯が生えてて、ネックレスをしてるやつだ」

フライデーときたら、学者みたいに、自信たっぷりにそう答えた。

「でも、そいつは、すぐに海を泳ぐのにあきた。で、海から地上へあがると、浜《はま》でぶるんっと体をふるわせ、草と泥《どろ》を食べはじめた。それからしばらくたって、なぜかはだれにもわからないんだが、そいつは、毛むくじゃらのマンモスに変身したかと思うと、氷のなかにとじこめられた。そのあと、原始人があらわれ、大地震《だいじしん》でローマ帝国《ていこく》が崩壊《ほうかい》し、シェークスピアが文字とサッカーを発明し、伝染病《でんせんびょう》で人がおおぜい死んで、どこかのだれかさんが草むらのなかからアメリカ大陸を発見し、そして、いまの『現代《げんだい》』になって、だれもが鼻の頭にコンピュータをのっけて歩くようになったというわけだ」

「ふーん、そうだったんだ」

ポリーはうなずくと、また聞き返した。

「じゃあ、ほかの星のことも、教えて。火星とか、木星とか、金星とか」

返事はなかった。返ってきたのは、フライデーの幸せそうないびきだけ。

まあ、しょうがないさ。これだけの知識《ちしき》を教えるっていうのは、とっても疲《つか》れることだし、なにより、牧場のリンゴの木の下は、とってもいごこちがよかったからね。

ひとりで家へむかったポリーは、それでも、とってもいい気分だった。

「あたしって、とってもラッキーな子ね。だって、ほかの子たちには、フライデーみたいなものしりの先生がいないんだから。みんなは、どうやって宇宙《うちゅう》のことを学ぶのかしら。なんだか、かわいそうになってくるわ」

で、その、ものしりの先生はというと、そのあとも牧場で昼寝《ひるね》をしていた。

馬になめられて、目をさますまで、ずっとね。

めでたし、めでたし。

作者

アンディ・スタントン

ANDY STANTON

コメディアン、アーティスト、映画・テレビの脚本家、漫画家など、表現者としてマルチに活躍。オックスフォード大学で英語を学ぶも、退学となる。現在はロンドン北部在住。本書『ガムじいさん、あんたサイアクだよ！』で作家デビュー。

訳者

石崎洋司

いしざき・ひろし

1958年、東京都生まれ。児童書作家、翻訳家。『世界の果ての魔女学校』（講談社）で第50回野間児童文芸賞を受賞。おもな作品に「黒魔女さんが通る!!」シリーズ（講談社 青い鳥文庫）、「マジカル少女レイナ」シリーズ（岩崎書店）など。訳書に『クロックワークスリー』（講談社）、「少年弁護士セオの事件簿」シリーズ（岩崎書店）などがある。

ガムじいさん①
ガムじいさん、あんたサイアクだよ!

2018年6月26日　第1刷発行

作者　アンディ・スタントン
画家　デビッド・タジィーマン
訳者　石崎洋司
発行者　小峰紀雄
発行所　株式会社 小峰書店
〒162-0066 東京都新宿区市谷台町4-15
電話 03-3357-3521
FAX 03-3357-1027
http://www.komineshoten.co.jp/
印刷所　株式会社 三秀舎
製本所　小髙製本工業株式会社

NDC933 157P 20cm ISBN978-4-338-32001-6